Author
ぺもぺもさん
Illustration
福きつね
1
無気力ニートな
元神童、冒険者になる
―「学生時代の成績と実社会は別だろ?」と勘違いしたまま無自覚チートに無双する―
The Lethargic NEET,
who were Once Prodigy Become an Adventurer

巨大トカゲ?
最強種ドラゴンの討伐——!?

「炎を切り裂くのがそんなに難しいことなのか？
できないのか？
本当に？　この程度のことが？　何をどうすればできないんだ？
呼吸をするようにできるだろう？　歩くようにできるだろう？
呼吸の仕方がわからないのか？　歩き方がわからないのか？　なぜ？　どうして？
できないはずがない。
世界はそうなるように作られているのだから。
一＋一＝二と同じ理屈だ。　リンゴを落とせば地に落ちるのと同じ理屈だ。
なのに、お前はできないと言う。俺には理解できないな。
こんなにも簡単なことが？
こんなにも幼稚なことが？
こんなにも単純なことが？

こんなにもくだらないことが？」
「これくらい、普通だろ？」

無気力ニートな元神童、冒険者になる

―「学生時代の成績と実社会は別だろ?」と勘違いしたまま無自覚チートに無双する―

1

The Lethargic NEET, who were Once Prodigy Become an Adventurer

Author
ぺもぺもさん
Illustration
福きつね

The Lethargic NEET,
who were Once Prodigy Become an Adventurer

1

【第1章】元神童、家を追放され——そうになったので冒険者を目指す

恥の多い生涯を送ってきた。

どれくらい恥が多いかというと——

「お兄ちゃん、あなたを家から追放します」

家のソファに座ってお笑い小説を読んでいると、一六歳の妹からいきなりそんなことを言われてしまうほどに。

真っ当に生きている人間は、なかなかこんな状況にはならない。

俺は頭をかきながら口を開く。

「追放されたらさ、お兄ちゃん、生きていけないよ？」

「働くと言ってくれたら、追放は先延ばしにします」

「うーん、気が向いたら——」

「気をさ、向けよ？」

妹が満面の笑みでそう言った。

その笑顔が、明らかに妹の努力によって作られていることに俺は気づいている。それが怒りを抑え込んでいる様子であることも。

どうやら選択肢を間違えると死が待っている状況っぽい。

なかなか理不尽だが――いや、それほど理不尽でもないな。妹の怒りは当然だ。

なにせ俺は一八歳で学校を卒業してから二年間ずっと家でゴロゴロしている。

つまり、働いていないのだ。

絢爛《けんらん》たるグラーデ帝国の中心である帝都、その名門フォーセンベルク学院を首席で卒業した後、親が他界しているのをいいことに俺はどこにも就職しなかった。

で、そのまま今に至る。

怒られても仕方がないだろう。

どうしてこうなったかというと――

子供の頃から、とにかくやる気がなかった。

――やればできる子、いや、やらなくてもできる子なのに！　頑張ったらもっとすごいよ！

多くの人たちからそんな期待をしてもらったのに――

俺が本気を出したことなど一度もない。

本当に、ただの一度も。

性格的に頑張れないのだ。身体《からだ》の中にある頑張る成分ガンバリンが、俺は生まれながらにしてゼロなのだ。

そう、ゼロだ。

そんなに頑張ってまですることある？　頑張ってる時点でダメじゃない？　流しながら生きようぜ？　楽しようぜ？

そんな人生観の俺に――

頑張ることを要求される『勤め人』などできるはずがない。

風の噂《うわさ》に聞く『残業』とか考えるだけでも鳥肌が立つ。

え？　どうしてそんなに頑張るの？　明日でいいじゃん？

そう思ってしまうのだ。

いつも通知簿に書かれていたな。

『イルヴィスくんは優秀ですが、協調性がありません』

社会に出ちゃいけない気がする。

そんなわけで俺は仕事につかず家でぐーたらと過ごしている。

だが、そんな生活を二年も続けていると、鋼鉄のような俺の心境にも微妙な変化が起こっていた。

ガンバリンはないのだが、リョーシニウムは少しだけあるので、さすがに俺の滅多に傷つかない良心も「本当にそれでいいの？」と心配げな表情を見せている。

その心の隙をつくように――

この妹の大攻勢である。

いろいろと動揺が走った。

「アリサ、怒ってる？」

「ううん、怒ってないよ？」

にっこりとした笑顔で、アリサが朗らかに言う。

明らかに怒っている。

妹が一六になるまで一緒に暮らしていた俺には断言できる。

アリサはピンク色の髪を肩まで伸ばした少女だ。髪の色が俺の黒色と違うのは異母兄弟だからだ。顔は兄の俺が言うのもなんだが、美人と評していい。

そんな妹だが、性格は俺の真逆。マジメで勤労精神のかたまりだ。一五歳で学校を卒業した後は仕事について給料を稼いでいる。

そんな彼女からすれば穀潰《ごくつぶ》しの俺は理解不能な生き物に違いない。

はい、お兄ちゃんが悪いですよね、これ。

「アリサ、ちょっと怖いよ？　落ち着こうよ、ね？　とりあえずこのお笑い小説を読ませて――」

「お兄ちゃん、今日はわたし、不退転《ふたいてん》の決意ってやつだからね？」

不退転の決意――決して退かぬ覚悟。

「妹よ、難しい言葉を知ってるな……」

「もう二年だよ？　そろそろ働きなよ、お兄ちゃん」

「……いやー、どうだろう。ガンバリンがないんだよね、俺。アリサの頑張り力は俺のガンバリンを継承したからだと思うんだよ。だから、アリサは俺のぶんまで――」

「お・兄・ち・ゃ・ん？」

言いながら、アリサが俺の両肩を、がし、がし、と両手でつかむ。

生殺与奪の権が奪われた瞬間だった。

本気の殺意が両肩から圧となって伝わってくる。

はい、ふざけてました。ごめんなさい。

「……わ、わかった。冷静な話し合いをしよう……！」

どうやら状況は、ふざけてごまかせるフェイズをとっくに超えているらしい。

寛大にも聞き届けてくれたアリサは俺の両肩から手を放した。

お帰りなさい、生殺与奪の権。

俺とアリサはテーブルに向き合って座った。

「お兄ちゃん、自覚はありますか？」

いきなりの敬語、詰問口調。我が妹は全力で戦闘態勢である。

「お兄ちゃんはさ、やればでき――」

「皆まで言うな、アリサ」

俺はアリサの言葉を遮った。

「働くよ」

「え？」

「働くよ」

「……え、え、ええええええええええええええええええええええ！」

アリサが悲鳴を上げてのけぞった。

「ほ、ホントに!?」

「ああ」

「……まさか、その場しのぎの嘘《うそ》ってやつ？」

「違うぞ」

なんて信頼度の低さだ。

「俺は働くことにした」

本気の本気でそう言った。

そろそろ潮時だろう。……これ以上、アリサに迷惑をかけるのは避けたい。

アリサが目頭を押さえた。

「すごい……ダメ元で言ったのに……本当に改心するなんて……！」

ぽたぽたぽたぽた。

涙がテーブルにしたたり落ちる。

まさかのマジ泣き!?

……そんなに思い悩んでいたのか……。まだ若いし、俺自身はそんなに深刻に考えていなかったんだが。

これは気合いを入れなくちゃな。

「さて、なんの仕事をしようかな……」

「お兄ちゃんだったら、なんでもできるんじゃない?」

「……なんでもは無理だろ?」

「昔は神童って言われてたじゃない?」

アリサの言うとおり、俺は確かに神童と呼ばれていた。

学校で俺より優秀な生徒はいなかった。

まったく勉強も訓練もしていないのにテストの点数は一〇〇点だったし、剣の腕も一番だった。

「照れる言葉だ、もう口にしないでくれ」

俺は首を振った。今の俺には関係ない話だ。その言葉を誇るのは、まるで過去の栄光にすがりつくようなもの。

俗に言うではないか。

――学校の成績は社会だと役に立ちません、と。

……ならば、そうだな……。

「仕事を探す基準は『能力』とか『できること』には置かないほうがいいかもな」

「どうして？」

「そもそもだ、俺は自堕落な人間なのだよ。働く宣言をしてもそこは変わらない。根本的にダメな男なんだよ、俺は」

「自分で言っちゃったね」

「的確な自己評価だと褒めてくれよ」

確か卒業年度に読んだ就職マニュアル『面接担当を唸《うな》らせる自己ＰＲの作り方』に自己分析がとても重要だと書いてあった。

その結果、俺が徹底的に自己分析して作り上げた自己ＰＲは――

働きたくありません！

絶対に、働きたく、ありません！

だった。

……そんなわけで、少し考えてから俺はこう続ける。

「それだと普通の仕事は無理だな。俺は残業したくないし、そもそも週五日も働くのは厳しい」

選択肢の九九％が消失した瞬間だった。

あれ、これ働けるところなくない？

だが、アリサはめげなかった。

「そんなお兄ちゃんにぴったりな仕事があるよ」

「あるの？」

「うん。冒険者とか、どう？」

「冒険者！」

想像すらしていなかったが、俺の心が躍ったのは事実だ。全身を鎧《よろい》に身を包み、鋼の剣でドラゴンとかと戦う。男子なら一生のうち一回くらいは検討する仕事だろう。

普通の仕事よりは面白そうじゃないか。

あとアリサが言っていたとおり、俺の成績は剣術も魔術もすこぶるよかった。ずっと学年一位だったので苦手意識がない。

……もちろん、さすがに授業と実戦は違うだろうが。大事なのは『やればできそう』と思えるかどうかだ。

アリサが口を開く。

「冒険者ってさ、自営業だから働き方は好きにできるんだよね」

「おお！」

つまり、働きたいときだけ働けばいい！

まさに働き方改革！

それは俺にとって素晴らしい選択肢だった。ぶっちゃけ、金など生きていけるギリギリで充分だ。

家があるから年一〇〇万ゴルドもあれば充分だろう。

それだけ稼いだら、あとはだらだらする。……ふふふ！　いいね！

「よし、まずは冒険者から始めよう！」

俺はそう言って、ふとあることを思い出した。

先日、俺が買い物に出掛けたとき、一枚のチラシをもらったのだ。

当時は興味もなかったのですぐに捨てたかったが、あいにく捨てる場所がなくカバンに入れて家に持ち帰っていた。

そのまま捨てるのを忘れていて――

「ちょっと待っててくれ、アリサ」

そう言うと、俺は部屋に戻って一枚のチラシを持ってきた。

「これってさ、どう思う？」

俺は持っていたチラシをアリサに差し出した。

そこにはこう書かれていた。

『帝都最大クラン『黒竜の牙』が新規メンバーを募集中！　経験の浅い冒険者でも歓迎、懇切丁寧に指導します。人材ではなく人財として大切に育てていきたい！　アットホームで風通しのいいクランです。※実技試験あり』

クランとは冒険者の寄り合い所帯である。複数人の冒険者を束ねるのがパーティー、複数のパーティーを束ねるのがクランだ。

「超大手だねぇ」

アリサがチラシを見ながらつぶやく。

「ここ、狙うの？」

「まあ、せっかくだしね。どうせ落ちるだろうけど、練習くらいにはなるんじゃない？」

それに運よく入れれば、きっとアリサも気が楽になるだろう。

うちのお兄ちゃんは帝都最大のクランに所属しているんだよ！　そう自慢するに違いない。

ふふふ……ダメな兄貴からの一発逆転もいいな！

試験日が明日なのも都合がいい。

こういうのは縁《えん》だ。縁を感じたら飛び込んでみるのも悪くない。

「明日さ、受けにいってみるよ」

アリサが大きくうなずいてくれた。

「ものは試しだよ！　お兄ちゃん、頑張って！」

そんなわけで翌日、俺は帝都最大クラン『黒竜の牙』の試験会場を訪れた。

さすがは帝都最大クランの募集だけある。剣を腰に差した戦士やローブをまとった魔術師、はたまた革の鎧に身を包んだ斥候など多くの冒険者たちが集まっていた。

目つきからしてぎらぎらしている。このクランに入って名を上げるのは俺たちだ！　みたいな空気が立ち上っている。

俺の場違い感がすごい。

俺の装備は『布の服』のみ。もちろん、武器なんて持ってきていない。

受験するには申し込み用紙の提出が必要らしい。俺はそれを書くためのコーナーへと足を向けた。

用紙を順に埋めていく。

ふむふむ……。

名前はイルヴィス、性別は男、年齢は二〇歳、職業――

職業!?

困った。特に仕事はしていないのだが……家でごろごろしていたから……『ニート』だろうか？　ニートだな……。

カッコよくデタラメを書こうかとも思ったが、やめた。

就職マニュアル『内定無双』にも書いてあったじゃないか。面接担当は鷹《たか》の耳目を持つと。嘘など書いても一瞬で見破られて評価が下がるだけと。

なので、ここは正直に書くのが正しいだろう。

俺は職業欄に『ニート』と書いた。

それを受付へと持っていく。

受付にいる女性は俺が提出した紙を見た瞬間、眉をひそめた。

「ニー……ト？」

「はい」

「ニートって、あの、働いたら負けだと思う感じの？」

「そうですね」

「……えーとですね、ここは冒険者としての職業を書いて欲しいんですよ。戦士とか斥候とか」

「なるほど」

そっちだったか。だが、一緒だ。ただの学生でしかなかった俺にそんな職業はない。

なので、きっぱりと言い切った。

「だとしたら、やっぱりニートですね」

　女性が混乱した表情を浮かべた。

「……過去に冒険者をされていて、何かしらの理由で今はニートをされている感じでしょうか？」

「いいえ、冒険者はしたことないです。本当にただのニートです」

「え？」

「え？」

「冒険者をされていないいんですか？　であれば、申し訳ないのですが、当クランは未経験者を採用していないんですよ」

　わかりました。じゃあ、帰ります。

　やる気のない俺的には、ラッキー！　と思ったが、いきなり脳内に怒ったアリサの顔が浮かんで寒気がした。

　……もうちょっと頑張ろう……。

「そうなんですか？」

　俺はポケットからチラシを取り出した。

「でも、そんなこと書いていませんよ？　むしろ『懇切丁寧に指導します』って書いていますよね？」

俺のツッコミに受付女性の眉がゆがむ。

「確かにおっしゃるとおりですけど、『経験の浅い冒険者でも歓迎』とも書いていますよね？」

「経験の浅い冒険者を歓迎するのは、未経験者を拒否することを意味しませんよね？」

さらなる俺のツッコミに受付女性の眉が深刻にゆがむ。

なんだか面倒なやつだな、俺……でも、アリサのプレッシャーがあるからさ。ごめんなさい。

少し考えてから女性が口を開こうとすると――

「列の流れが止まっているよ。何かあったのかい？」

声とともに男が近づいてきた。

「あ、すみません、フォニックさま！」

女性がぱっと立ち上がり、男に頭を下げる。

背の高い、青色の髪をした優男だった。年は二〇代半ばくらいか。筋肉が過不足なくついた細身の身体《からだ》に軽装の鎧をまとい、腰に剣を差している。

背後の受験生たちがどよめいた。

「『黒竜の牙』のフォニックだ！」

「流星の剣士フォニックか！」

……。

……誰……？

どうやら有名な人物らしいが、思いつきで冒険者になろうと思った俺の頭脳に著名な冒険者の情報などあるはずもない。

女性はフォニックに用紙を見せた後、早口で状況を説明する。

「あの、実はこの方が――」

それを聞き終えたフォニックが俺に視線を向けた。

「悪いが、参加は見合わせてもらえないかな？　これは君のためでもある」

「俺のため？」

「ああ。冒険者の試験とは――」

きん、と音を立ててフォニックが剣を引き抜いた。

陽光の輝きを受けて、磨き抜かれた美しい刀身がきらりと光る。

「荒事だからね。準備ができていなければケガをする。鍛錬していない人間が立てば――死ぬよ」

「死ぬ覚悟ならできていますよ」

俺はあっさりと言い放った。

「俺にはこれしかありませんから」

働くことが嫌な俺には自由業しかない。最低限の労働で収入ゲット、あとは家でゴロゴロ。思いつくのは冒険者しかないのだから、必死にもなる。

フォニックが少し目を見開いた。

「ほぅ、この私がここまで言っても引かないか。君には何か……冒険者への熱い想《おも》い――気高い理想があるようだな。少し興味が出てきたよ」

気高い理想……？

家でゴロゴロすることが？

まあ、居心地のよいワークライフバランスを追求するという意味ではそうかもしれないが。なるほど、そこまで読んでの言葉か……。さすがは最大手クランのメンバー、頭の回転が速い。

ならば、俺も胸を張って答えよう。

「そうですね、俺にも譲れないものがあるんです」

「ははははは！　いいね！」

フォニックが俺に剣の切っ先を向けた。

「だけど、現実は甘くない。努力もせず理想を語る人間は見ていて気分のいいものではない。鍛え抜かれた私の一閃《いっせん》を見ても同じことが言えるかな？」

周りの冒険者たちが沸きたつ。

「フォニックの――流星の剣が見られるぞ！」

「斬られたことすら気づけないほどの高速剣！」

……え、そんなにすごいの？

怒らせちゃいけない人、怒らせちゃった？

フォニックが剣を構える。

「さて、ここまで来た駄賃だ。私の剣技を見せてあげよう……そして、腰を抜かして帰るがいい」

「腰を抜かしたら帰れないんじゃないですか？」

「ぬかせ！」

腰を抜かしたらに『ぬかせ』で返すなんて！

剣技以外も冴《さ》え渡ってるんじゃないですか!?

そんなことを俺が思うと同時――

銀色の閃光《せんこう》が走った。

周りの冒険者たちが言うところの、『斬られたことにすら気づけない』超高速の剣が俺に襲いかかる。

俺はフォニックの剣を見ながら思った。

……。

……。

……え、これが超高速なの？

むちゃくちゃ遅いんだが。

刃がゆっくりとゆっくりと、少しずつ俺に向かってくる。

懐かしいな——ああ、思い出した。学生時代の剣術の授業だ。俺はいろいろな学生たちと剣を交わしたわけだが、総じてみんなこんな感じだった。

みんな剣が遅くて遅くて——俺はあっさりと隙をついて勝ったものだ。

これも同じか？

いや……違う。

就職マニュアル『内定無双』に書いてあったではないか。

学生時代の栄光は捨て去れと。

学生と社会人は求められるレベルが違う——

相手は最大手クランに所属する有名な冒険者なのだ。学生と同じはずがない。危ない危ない……ついつい学生時代の栄光から相手の力量を推し量ってしまうところだった。

であれば可能性はひとつしかない。

これは手を抜いてくれているのだ。

あれだけプレッシャーをかけつつも、フォニックは俺に情をかけてくれている。誰もが一目《いちもく》置くフォニックの剣をかわせば俺にだって受験のチャンスがやってくるだろう。

ゆっくりとした剣からフォニックの気持ちが伝わってくるようだ。

どうだい？　これならかわせるだろう？　このチャンスをいかしてくれよ？　と。

なるほど——

実にありがたい。

さて、どうやってかわそうかな……と俺が考えていると、俺はあることに気がついた。

……あれ？　この軌道、俺に当たらないんじゃない？

俺の想像どおり、流星の剣士が放った剣の軌道は俺の身体の少し手前をなぞっていった。

空振り。

しんと静まった空気に、フォニックの声が響く。

「……当てるわけにもいかないからね。わざと外させてもらったよ」

同時——

わあああああ！　と周囲のギャラリーが沸き立った。

「すげえええ！　さすがは流星の剣！」

「あいつ、ビビって動けなかったぞ！」

だが、フォニックの認識は違ったようだ。

「……いや、どうかな。君は動けなかったのではなく、動かなかった。違うか？」

フォニックがじっと俺を見る。

「君の目は確かに私の剣に反応していた。もしも、かわそうと思えばかわせた――違うな。当たらないことを確信していた。そうだろう？」

「はい、そうですね」

同時、周りのギャラリーたちに動揺が走る。

「そ、そんな！　あいつが流星の剣士の剣を!?」

「俺たちには見えなかったのに!?」

……見えなかった？　そんなわけないだろ？　あそこまで手を抜いてくれているのに。

認知バイアスというやつか。

流星の剣士の剣は速い、その思い込みが彼らに超高速の剣を見せたのだろう。

「面白い男だな、君は。よし、受験を認めようではないか」

ふっとフォニックが笑う。剣を鞘《さや》に収めた。

「剣技の試験では私がじきじきに相手をしてあげよう。果たして、君のそれが実力なのかマグレなのか――真価を見定めさせてもらう」

そう言うとフォニックは建物の奥へと消えていった。

俺はその背中に心中で小さく礼を述べる。

……やれやれ……優しい人に恵まれた。

俺が腰を抜かさないようにゆっくりと斬りかかってきてくれて――おまけに、それはかわす必要がない斬撃で。さらには周りに俺が優秀だと吹聴《ふいちょう》するアピールまでしてくれる。

どれほど譲ってくれているのだ、あの御仁は。聖人か。

フォニックの許可が出たので、態度を軟化させた受付嬢から受験者番号をもらった。これで手続きは完了した。

よーし！

アリサ、俺、頑張ってくるからな！

俺は意気揚々と試験会場へと入っていった。


試験の開始時間になると、まず『黒竜の牙』代表のクランマスター、オルフレッドが挨拶した。

オルフレッドは銀色の髪に口ひげを生やした五〇前後の男だ。

著名な冒険者には興味のない俺だが、さすがに『白銀の』オルフレッドは知っている。というか、一般人でも知っているレベルの有名人だ。

剣を扱えば剣聖並み、魔術を扱えば賢者並み。生きる伝説のような男で多くの勇名を轟《とどろ》かせている。

すごいな……。

俺も学生時代は「すえは剣聖か賢者か!?」「いや、次代のオルフレッドだね!」などと学友から言われたものだが、実に恥ずかしい過去だ。

学生剣聖、学生賢者。

俺の評価は学生時代の空虚なもの。実戦で打ち立てた偉大なるオルフレッドの実績には遠く及ばない。

オルフレッドが重々しいが——朗々と響き渡る声を発する。

「諸君、この『黒竜の牙』を志望してくれたことに感謝する。ここには君たちが望む、冒険者として最高の誇りと環境があることを約束しよう。帝都最大クランの名前は伊達《だて》ではない。その証拠に——」

すっとオルフレッドが手を伸ばした。

ほとんど誰もいない二階席の一角に着飾った集団が座っていた。

「偉大なる帝王ゾロスさまの第三王女フレアさまが見学にいらっしゃっている。『黒竜の牙』の将来を担う一翼が選ばれる瞬間を見てみたいとのことだ」

おおっと冒険者たちがどよめいた。

オルフレッドが誇らしげに両腕を開く。

「王族の目に入れていただける。これが帝都最大——その看板の大きさだ。力あるもの、才あるものを我々は拒まぬ。このクランにふさわしい人材であることを示し、仲間に加わって欲しい」

オルフレッドの挨拶が終わり、試験が始まった。

試験は受験番号ごとに分けられたグループ単位でおこなわれるらしく、会場のあちこちに人垣ができている。その中央で試験官である黒竜の牙のメンバーと受験者が戦っている。

俺は受付で絡んだフォニックのグループに入れられた。

ものすごい数の志望者がいるけど――これ、処理できるのか？

そんな俺の心配は無用だった。

「次！　三四五番！」

フォニックの鋭い言葉とともに、三四五番であろう戦士がフォニックと相対する。

「三四五番です！　よろしくお願いします！」

挨拶が終わり、あっという間だった。

ほんの数合、戦士に打ち込ませた後――フォニックが踏み込んで横薙《よこな》ぎの一撃を与える。

鎧《よろい》に身を包んだ戦士の身体《からだ》は大きく吹っ飛び、ごろごろと床を転がった。

「あ、ありがとう、ございます……！」

戦士はよろけつつ立ち上がると、試合場から降りていった。

「次！　三四六番！」

「はい！」

威勢よく返事すると新たな戦士が前に立つ。

……あっという間だな……。

一人あたりの試験時間も、フォニックの攻撃も。

確かに『流星』の異名にふさわしい速度だ。

戦闘中ではないので俺もぼーっとリラックスした状態で見ているのだが、本当に速い。

他の冒険者がひとたまりもないのも納得だ。

あんなもので攻撃されれば、俺ごときでは手も出ないだろう。

いやー……世の中は広いな……。

次々と試験が進み――

「次！　三七八番！」

どうやら俺の出番が来たようだ。

俺は戻ってきた三七七番から試験で使っていたブロードソードを受け取るとフォニックの前に立った。

フォニックが俺を見てにやりと笑う。

「待っていたよ、君が来てくれるのを」

フォニックが持っていた剣を俺へと向けた。

「さて、君の実力を見せてもらおうか」

「頑張ります」

「ひとつ教えておこう——さっきの攻撃は手を抜いていた。私が本気を出すと素人には感じることすらできないからな。怯《おび》えてもらうために加減したのだ」

そして、一拍の間を空けてフォニックが続けた。

「一〇%だ。さっきの斬撃は」

ふぉん、とフォニックが剣を振るって空気を鳴らす。

「今度は一〇〇%全力の攻撃を、当てるつもりで放つ。この剣は君が持っているものと同じ試験用の刃を殺した剣だ。遠慮するつもりはない」

俺は剣を構えた。

「お手柔らかに頼みますよ」

「いくぞ！」

かけ声と同時、フォニックが俺に襲いかかる。

俺は集中力のレベルを一気に押し上げた。俺の意識のすべてがフォニックの一挙手一投足に向けられる。

反応速度が、加速する——！

「うおおおおおおおおお！」

咆哮《ほうこう》とともにフォニックが流星のごとき——正真正銘、全力の力で繰り出された神速の

刃を俺に叩《たた》き込む！

神速の刃を！

神速の――

刃、を？

勢い余って神速なんて描写してしまったが、そんなことはなかった。さっきと変わらない、のんびりした剣が俺へと向かってくる。

……え、これが一〇〇％？

一〇％と何か違いがあるのだろうか？

俺はよくわからないまま、フォニックの剣をかわす。フォニックは構わず二撃目三撃目を放ってくる。そのすべてを俺はゆうゆうとかわしていく。

おおおお！　と冒険者たちのどよめく声が聞こえた。

フォニックの表情から余裕が消える。

「バ、バカな!?　この私の剣を!?」

俺は理解できなかった。

フォニックの言動と手抜きっぷりに整合性がない。本気で行くと言って、あいかわらずの遅い手抜き攻撃。かわされるのは当然なのに焦った様子。

剣をかわしながら俺は頭を働かせた。

やがて、ついに結論にたどり着く。

ああ、そうか……そういうことか！　俺は勘違いしていた……！

フォニックは必死なんじゃない――

フォニックは必死なふりをしているのだ！

わざわざ大口を叩いて「全力の攻撃だ」とアピールした。その上で手を抜いている。

なんのために？

もちろん、俺を合格させるために。

手を抜いていることを周りに知られてはいけない。だから、あれほどの高圧的な態度をとったのだ。

問題はどうして初対面のフォニックがそこまで俺に気を使ってくれるのかということだが――

それは同情だろう。

俺は職業欄に『ニート』と書いた。それをフォニックは知っている。社会から脱落した男が再び社会に戻ろうとしている――その気高い一歩をフォニックは後押ししたいに違いない。

大手クランにふさわしい、大きな器を持つ男！

フォニック――あなたという人は！

俺は目頭に熱いものを感じた。

「くそがあああああああああ！　なぜ当たらぬううう！」

フォニックは鬼気迫る表情で、俺を呪い殺すような声を発しているが——

本当に素晴らしい演技だ。

よし、その気持ちに応えよう。これ以上、フォニックに道化を演じさせるわけにもいかない。

俺は剣を握る手に力を込めた。

フォニックが叫ぶ。

「ならば！　我が最強最速の技を喰《く》らうがいい！　奥義、流星斬！」

フォニックの放った斬撃は——

先ほどとは比べものにならない速さで俺に襲いかかった。

それは圧倒的な速度で、またたきほどの時間で刃が大気を疾《はし》る。

だが。

それでも、なお——

遅い。

俺もまた剣を振るう。

——閃《せん》。

刃が、音を置き去りにした。

ほぼ同時に放たれた斬撃――だが、先に到達したのは俺の剣！

フォニックの剣が数センチ動く間に、俺の刃はフォニックとの距離をゼロに縮めていた。

横薙ぎの一撃がフォニックの腹を打ち抜く。

「くっっぽおおおおおおおおおおおおおおおおおおおお！」

フォニックは絶叫とともに試合場の外へとすっ飛んでいった。

俺は軽く払っただけなのだが、どうやらわざと吹っ飛んでくれたらしい。

ふぅ……吹っ飛び方まで堂《どう》に入っているな……。

ありがとう、フォニック。

俺は人生をやり直すことにするよ。

ぴくぴくと動けない（ふりをしているのだろう）フォニックを見ながら冒険者たちが動揺している。

「……そ、そんな、フォニックが……？」

「あいつ何者なんだ……？」

「いや、そうじゃなくて！　担架《たんか》だ担架！」

そんな感じで俺たちのグループの試験は一時中断となった。

さて、と……。

これはもう『黒竜の牙』への入団は決まったようなものだな。

やったぞ、アリサ！

心は充足感に満ちていたが、まだ俺にはやらないといけないことがあった。

実は魔術のテストにもエントリーしていたのだ。

どっちかだけでよかったが、学生時代はどちらも得意だったので片方でも引っかかれば……という気持ちで登録していたのだ。

この結果だ。戦闘のテストだけでも大丈夫な気がするが、ドタキャンすると評価が下がりそうな気もする。

穏便に終わらせるとするか。

俺はそう結論づけると魔術の試験へと向かった。


魔術の試験もまた同じ会場でおこなわれていた。

壁際に的がずらりと並んでいて、その的めがけて対面の壁際から魔術で狙い撃つのだ。

「マジックアロー！　マジックアロー！　マジックアロー！」

順に受験者たちが代わる代わる三発のマジックアローを打ち込んでいく。

マジックアローは白い矢を放つ初歩中の初歩の魔術だ。俺だって使いこなせる。

それを眺めている中年の試験官に俺は声をかけた。

「マジックアロー三発でいいんですか？」

「……ああ、そうだ」

「みんな勝手に魔術を撃っているだけのように見えますが、どうやって評価しているんですか？」

「的には魔術によるセンサーが仕掛けられていてね、当たった場所や威力から評価を自動で計算しているんだ」

……志望者たちは的を狙う前に、渡された受験者カードを横にある機材に突っ込んでいる。あそこで番号を読み取って結果と紐付《ひもづ》けているのだろう。

「あんなにバンバン攻撃魔術を打ち込んで大丈夫ですか？」

「心配ないよ、うちの優秀な魔術師が防護魔術をかけているからね。志望者くらいの魔術ではびくともしないさ」

試験官の目がちらりと動く。

その先にはローブを着た真っ赤な髪の女が立っていた。全身から『すごい魔術師オーラ』が漂っている。

なるほど、それなら問題ない。

俺は試験官に礼を述べるとテストを受けることにした。

他の受験者たちがやっているように、受験者カードを横にある機材へと差し込む。

そして、右手を的に差し向けた。

「マジックアロー」

白い矢が的に命中した瞬間――

どっごおおおおおおおおおおおおおおん！

轟音《ごうおん》とともに的が壊れた。

周りにいた受験者たちが手を止めて俺を見ている。

……また、やっちまった……。

俺は頭を抱えたくなった。学生時代から同じだった。学生時代も的を壊しすぎて教師から「満点をつけておくからイルヴィスは何もしないでくれ……」と言われたものだ。

なので、さっき聞いたのだが。的は大丈夫かと。

学生時代は少しばかり誇らしい気持ちもあった。おや、俺の魔術はちょっと強いんじゃないか？　と。

だけど、これじゃダメなのだ。

社会人とは『言われたとおりのことをする』のが仕事だ。今回のタスクは『的を狙う』なのだ。『的を破壊する』ではない。

そもそも備品を破壊したら怒られるのは道理だ。

俺の魔力の制御に問題があるのだろうか……。

「おいおいおいおい！　君、何が起こったんだ!?」

さっきまで話していた試験官が俺のもとにやって来た。

「マジックアローを撃ったら壊れてしまいました」

「いや、それはわかるけど……え、えええええ!?」

試験官は頭を抱えた後、隣のレールを指差した。

「……うーん、的にかけていた魔力が消耗していたのかな……。すまないが、そっちでテストしてくれ」

「わかりました」

俺は受験カードを隣の機材に差し替えると、再び右手を向けた。

今度は威力を弱めて……制御に最大限の注意を払って――

「マジックアロー」

どっごおおおおおおおおおおおおおおおん！

「いやいやいやいやいやいや！　おかしいだろおおおお!?」

試験官が叫んだ。

「マジックアローごときでどうしてこうなる!?」

……まずいな……。

このままだと魔術の制御ができない男と判定されてしまう。

そもそも的に仕込まれたセンサーによって点数化しているらしいので、的を壊してしまうと点数がつかない。

このままだと……失格もありえるのでは？

どうしよう!?

「このまま的を壊されると困る、君はもういいか――」

「ちょ、ちょっと待ってください！」

俺は勢いよく試験官の言葉を遮《さえぎ》った。

「俺はまだ三発目を撃っていません！」

失格は勘弁して欲しい。

ここは残った三発目を盾に粘るしかない。

試験官は露骨に顔をしかめた。

「え、いや、しかし、また壊されると――」

「何をやっているの？」

声が割り込んできた。

振り返ると、さっき『すごい魔術師オーラ』を放っていた赤い髪の女魔術師が立っていた。

「あ、これはカーミラさま！」

試験官が女魔術師カーミラに報告する。

「的が二つ壊れてしまいまして——彼のマジックアロー、何かがおかしい気がします。なので、もう試験はいいと言っているのですが、三発目が終わっていないと言い張っておりまして」

「ふぅん……」

カーミラは壊れた的に視線を向けた後、じぃっと俺を見た。

「あなたがねぇ。わたしの防護魔術を……」

「すみません、カーミラさま！　この男を追い払いますから！」

「え、いや、三発目！　三発目を！」

「まだ言うか！　試験の邪魔だから——」

「まあ、いいじゃない？」

試験官の言葉を遮ったのはカーミラだった。

「どうせ、あと一発。やらせてあげれば？」

「いや、しかし、また的を壊されたら——」

「じゃ、わたしが受けてあげようか？」

まるで試すかのような目で赤髪の美女が俺を見てくる。

「そ、そんな！　ダメです！」

試験官が真っ青になった。

「万が一にもお怪我《けが》をされでもすれば——！」

カーミラは薄笑みを浮かべたまま、その目がじろりと試験官をとらえた。

「はっ！　この『紅蓮《ぐれん》の』カーミラであるわたしがケガをすると？」

「い、いえ！　そそ、そういう意味ではないのですが……」

「億が一もないんじゃない？」

ふふっと笑うと、カーミラはすたすたと的のあった壁際へと向かい、振り返って両手を前に差し出す。

「ハード・プロテクション」

カーミラの手を中心に真円の盾が出現した。

「さ、いつでもどうぞ」

紅蓮だかなんだか知らないが、俺は俺でほっとしていた。

よしよし、とりあえず三発目のマジックアローが撃てる。カーミラが適当に点もつけてくれるだろう。これで失格にはならない。

やっぱり俺は運がいい！

流星の剣士フォニックの試験だけで合格は堅い。ここは無理に点を取らず、機嫌よく終わってもらおう。

まあ、あなたもやるじゃない？　わたしには及ばないけど？

それくらいのコメントがもらえればいい。将来性のあるルーキーくらいの感じで。

今度こそ威力を弱めて弱めて――

最小限の威力にして――

俺は右手をカーミラへと差し向ける。

軽く。

軽く……軽く、な？

「マジックアロー」

どっごおおおおおおおおおおおおおおん！

轟音とともにカーミラが吹っ飛び、背後の壁に叩《たた》きつけられた。

「カーミラさまあああああああああああ!?」

試験官の悲痛な叫び声が会場に響き渡った。

……。

………。

……やっちまった……。

俺は真っ青になっていた。機嫌よく終わってもらうどころか、これ完全にアウトじゃん。

試験官を思いっきり吹っ飛ばしてしまうなんて……。

フォニックも吹っ飛んでたけど、あれはフォニックの演出だからなあ……。

「いったー……」

壁に叩きつけられたカーミラは気を失っていなかった。

それでもダメージは深刻なようで顔は痛みにゆがみ、右手はだらりと垂れ下がっている。

美人のそんな様子を見ると実に申し訳なく思う。

「カーミラさま、大丈夫ですか!?」

試験官の言葉に小さくうなずいたカーミラは、こちらへ戻ってくると俺の前に立つ。

「君、やるじゃないのさ?」

カーミラの声は意外としっかりしていたが、ダメージは隠しきれない。

「……あの、本当にすみません……」

「的はもちろん――わたしのハード・プロテクションまで砕いてしまうなんてね。威力がおかしいにも程があるわ」

「俺の魔術の威力がおかしいって……強すぎって意味ですよね?」

「ええ、そうよ」

やっぱり強すぎたか……。制御ができないことを大幅に減点する、そういう意味だろう。

社会人は『ちょうどいい』ができなければならない。出る杭《くい》は打たれるのだ。やりすぎは評価されない。

「ねえ、あなたの受験番号を教えてよ」

……もちろん、俺はそれが何を意味するかよくわかっている。

こんなことをしでかしたのだ。落第させるためだろう。だが、仕方がない。試験してくれた相手を怪我させてしまったのだ。文句を言う筋合いではない。

「……三七八番です……」

「三七八番ね」

繰り返した後、カーミラが俺の顔を覗《のぞ》き込んだ。その顔には不敵な笑みが浮かんでいる。

まるで俺を値踏みするかのような。

「あなたの申込書、ゆーっくり見させてもらうわ」

「は、はい……」

お・ぼ・え・て・い・て・ね？

と言われたようにしか聞こえない。やっちまったなあ……。せっかく、流星の剣士フォニックがアシストしてくれたというのに。

そんなわけで、俺の試験は終わった。

「ありがとうございました」

俺はカーミラと試験官に頭を下げると、とぼとぼと会場を後にする。

初めての就職活動はどうやら失敗に終わったようだ。妹のアリサにどう説明したらいいのやら……。ま、もともと受かればラッキーだと思っていたくらいだ。あんまり深刻に考えないでおこう。

だけど、帝都最大クランへの入団かー……ふいにするには惜しかったなー……。

◆

全試験が終わった後――

流星の剣士フォニックは大会議室へと入った。

ここには試験官として参加した『黒竜の牙』の全メンバーが顔を揃《そろ》えている。試験結果をまとめ、誰を入団させるか決めるためだ。

合否の検討――試験の最後を飾る大きな節目だが、いつもは特に盛り上がらない。

さほど議論する内容がないからだ。

帝都最大クランである以上、入団するにはそれなりの実力や才能が求められる。なので、ほとんどの選出は『前評判どおり』の結果となる。

よって試験お疲れ様ムードの中、粛々と進行するのが『いつものこと』だ。

だが、今回は違う。

明らかにいつもとは違う空気が漂っているのをフォニックは感じた。

一枚の紙が次から次へと試験官たちの手から手へ流れていく。その紙がなんなのか――フォニックには容易に想像できた。

三七八番――フォニックを打ち負かした男の申込用紙だろう。試験官たちの目が、フォニックに声をかけたそうにちらちらと動いているのだから間違いない。

フォニックは特に反応を示さず、空いている席に座った、が――

「おい、フォニック。災難だったな？」

隣《となり》に座る古参メンバーが話しかけてくる。

「……ああ、そうだな」

「うっかり加減しすぎたのか？」

そう疑われるのも無理はない。

フォニックは帝都最大クラン『黒竜の牙』に所属する八人の最高戦力『八星』の一人なのだ。それがぽっと出の謎の新人にボコられたとあっては簡単に信じられないだろう。

強がってもよかったが――

「いや、本気だったよ」

そう、本気だった。

流星の剣士フォニックは己のすべてをぶつけて――無様に敗北したのだ。

そして、もう一人の八星もまた。

がちゃり、とドアが開いた。

全員の視線がそちらを向く。

赤い髪の女魔術師カーミラが入ってきた。いつもと違うのは、右腕を包帯で首から吊《つ》り下げていることだ。三七八番の魔術を受け止めようとして果たせず、カーミラが負傷した噂《うわさ》はフォニックも知っている。

回復魔法は存在するが、かければどんな傷でもたちまち治る！　そんな便利なものではない。あくまでも傷を塞ぐ――応急処置の側面が強い。本質的なダメージはしっかりと残るため、カーミラの右腕が完全に回復するにはまだ時間が必要だ。

逆に言えば――

回復魔法で治る程度の浅い負傷ではすまなかった。

「それ、三七八番のよね？」

カーミラは試験官の一人が持っている紙をさっと奪い取ると空いている席に座る。

その紙をじっと眺めながら――

カーミラが美しい眉をひそめる。

何が書いてあるか知っているフォニックにすれば、彼女の考えていることが手にとるようにわかる。

職業欄に『ニート』としか書いていないのだから。

そんな謎の人間に『黒竜の牙』が誇る八星の二人があっさりと敗北した。

カーミラが読み終わった三七八番の申込用紙をテーブルに置く。

試験官の一人がカーミラに声をかけた。

「カーミラ、腕をやられたお前としてはどう思ってるんだ？」

「……あのね。この怪我は調子に乗ったわたしが悪いだけだから。試験官として下《くだ》す評価に影響はないから」

「じゃあ、どう評価したんだ？」

「採用に決まってるでしょ？　あれを逃す手はないわ……でしょ、流星の剣士さん？」

「そうだな」

いきなり話を振られたが、フォニックは冷静な口調で応じる。慌てるはずがない。その答えはフォニックの中で出ているのだから。

流星の剣士の剣に反撃し――

紅蓮の魔術師のシールドを打ち破る。

二つのことを成し遂げた以上、その結果は決してまぐれではない。いや、実力主義である冒険者の世界で、一瞬の油断が命取りになる世界で、まぐれなど存在しない。

あの三七八番は実力で八星の一角を打ち破ったのだ。

今までは遠慮があったのだろう。敗北したカーミラとフォニックが認める趣旨の発言をしたことで空気が緩み、試験官たちの会話が活発になった。

「やっぱり三七八番は規格外だな」

「合格だろう」

「オルフレッドさまと戦ったらどっちが強いんだろうな?」

それはフォニックにも興味のある話だった。

『黒竜の牙』のクランマスターにして、剣聖と賢者の両方の力を兼ね備える偉大なる冒険者。剣魔の双方を操るという点でも似通っている。

(……まあ、さすがにオルフレッドさまの足元には及ばないだろうがな……)

それから試験官たちの会話はさらにヒートアップ、三七八番vsオルフレッド談義へと移行した。

しかし、緩んでいた大会議室の空気は——

一瞬にして鎮静化する。

ドアを開けて、当の本人クランマスターのオルフレッドが姿を現したからだ。

五〇代に差し掛かってもなお『黒竜の牙』の、いや、帝都最大の戦力と評される存在。

今でも充分に強いが、それでも全盛期よりは衰えているらしい。

二〇代半ばで『黒竜の牙』のトップとなり、すでに三〇年近く君臨している。

実力も、肩書も、功績も。

そのすべてが途方もない。生きる伝説のような人物だ。

水を打ったかのように静まった部屋にオルフレッドの足音だけが響く。オルフレッドは席の前に立つとフォニックたちを見下ろして口を開いた。

「諸君、ご苦労であった」

その言葉に、全員が頭を下げる。

それは社会人のマナーとしてではなく――心の底からの服従だった。オルフレッドの言葉にはそれをさせるだけの重みがある。

圧倒的なカリスマ――威圧と迫力がその声に宿っていた。

オルフレッドは席につき、話を切り出す。

「さて、会議を始めよう」

いつものとおり、会議は淡々と進んだ。合格するだろうと思われた冒険者は合格し、それ以外のその他大勢は不合格となった。

会議が終盤に差し掛かった頃、意を決して試験官の一人がオルフレッドに問う。

「……あの、三七八番をどうしますか？」

「三七八番？」

誰のことだと言わんばかりにオルフレッドは首をひねった。

「……えーと……」

試験官は口ごもって視線をフォニックに向けた。フォニックを打ち負かした受験生だ――と言いたいが、フォニックへの遠慮があるのだろう。

フォニックは試験官に目配せし、口を開いた。

「私とカーミラを打ち負かした受験生です」

「ああ、彼か」

思い出したかのようにオルフレッドは言った。

そして、こともなげに続ける。

何を当たり前のことを尋ねる、そんなこと決まっているじゃないか？

まるでそんな口調で。

「三七八番は不採用――失格だ」

フォニックは想像外の言葉を聞いて己の耳を疑った。

（……失格？　失格とおっしゃられたのか……？）

フォニックだけではない。全員が予想していない言葉だった。誰も口を開かなかったが、会議室の空気が大きく揺れたのは確かだった。

オルフレッドが沈黙を破る。

「どうした？　何か不満でもあるのか？」

「……不満ではなく、疑問が」

フォニックは口を開いた。

こんな言葉を吐くだけでフォニックは背中に冷たいものを感じてしまう。

クランマスター、オルフレッドは決して優しい性格ではない。むしろ甘さとは対局にある厳格さの持ち主だ。生半可な質問や意見はオルフレッドの冷笑や失望を買うのが常だ。

そもそもオルフレッドに真意を問うこと自体が無謀だ。

オルフレッドの頭脳はとんでもなく優秀で判断に間違いはない。彼の業績がその証明になる。だからこそ今も冒険者としての頂点に立ち、これほどの大クランを運営できている。

ゆえにオルフレッドの決定は絶対。

フォニックが緊張するのはそれゆえだった。

だが、それでもフォニックは口にせずにはいられなかった。試験会場で見た若者の強さと才能は確かに本物だった。その才能を捨て去ろうとするオルフレッドの考えがまったく理解できない。

それはこの場にいる全員がそうだろう。

だからフォニックは質問した。もしこの場でオルフレッドに意見ができるとすれば、八星の自分かカーミラだけだろうから。

いや、それ以上に——

フォニック自身が納得できていなかったからだ。

「三七八番は間違いなく強者《つわもの》です。きっとクランの強力な戦力となるでしょう。なぜ不合格に？」

「あってはならないからだ」

短く、揺るぎない響きだった。

フォニックには理解できなかった。

「……あっては、ならない……？」

「そうだ。帝都最大クラン『黒竜の牙』が誇る精鋭、八星の二人が無名の新人ごときに打ち破られた——そんな事実があってはならない」

オルフレッドが淡々と続ける。

「今回の試験、王族である第三王女フレアさまがご観覧されていた。我々を力と頼む王族の前でそんな情けない事実を認めることができるか？　最強である我々『黒竜の牙』にそれは許されない。よって、そんな事実は『あってはならない』のだよ」

フォニックはオルフレッドが言わんとしていることを理解した。

一言で言えば『組織としてのメンツ』だ。

くだらないプライド——そう簡単に笑えるものではないことをフォニックは知っている。

ナメられてはいけない、という指針は社会において確かに有用なのだ。

人も組織も印象がすべてなのだから。

「すでにフレアさまには不正があったと報告している」

　会議室に動揺が走った。

　本当にオルフレッドは敗北の事実を消し去ろうとしていたのだ。この状況で三七八番を合格させることはできない。

　フォニックは頭で理解していた。王族からの信頼を守ることと、優秀な若手を採用すること。オルフレッドは組織を守るために前者をとった。その考えは――正しいかどうかは別として『あり』だろう。

　だが、それでも。

　フォニックは言葉を重ねずにはいられない。なぜなら、彼が見た才能の輝きは本物だったから。

「し、しかし！」

「フォニックよ、であれば問おう」

　オルフレッドは淡々とした声で言う。

「ふらりと現れた新人にあっさり負けた。本当に実力で負けたのかね？　私にはそう思えないが？」

「……武人として言い訳はしたくありません。私は確かに負けました……」

「なるほど、立派だ。武人としての誇り、大いに結構。だが、我々には守らなければならないものがある。帝都最大最強クランとしての誇りがな。それは君のものよりも重い。では、謎の新人にあっさり負けた八星の君に問おう。どう責任をとるつもりかね？」

「……責任？」

「そうだ。八星とは我がクランを代表する最高戦力だ。それが新人に負けた。そんな事実は『あってはならない』。なので、私は君を守るために三七八番の実績を抹消した。君を守るために。だが、君は自分ではなく三七八番をとれと言う──」

オルフレッドはこう続けた。

「寛大な私はそれを認めよう。ならば、君はどう責任をとる？　三七八番が間違いではないとするのなら、八星である君が間違えていることになるのだが」

即答できないフォニックにオルフレッドがさらに言葉を重ねる。

「このままだと君は八星失格となるな。八星の座を返上するか？　いや、出ていくか、このクランを？」

フォニックは奥歯を噛《か》んだ。

なら辞めてやる！　とフォニックには簡単に言えなかった。

フォニックにも『黒竜の牙』で積み重ねた年月がある。信頼できる仲間たちもいる。八星に選ばれた日の興奮は今でも思い出せる。

そんなものを投げ出せるはずがない。

「わ、私は——！」

何かを言おうとしたが、フォニックの喉は息が詰まったかのように音を発さなかった。

「く……！」

フォニックは胸に苦しいものを感じた。どの言葉を口にすればオルフレッドは納得するのだろうか。すべてが丸く収まるのだろうか。

沈黙が、部屋を包む。

それを破ったのはオルフレッドの声だった。

「……実力で負けたのかね？　全身全霊を尽くして負けたのかね？　本当に君ほどの使い手に勝機はなかったのか？　フォニックよ、私にはそう思えないのだがな？」

オルフレッドは救いの手を差し伸べてくれた。フォニックはそれを理解した。そして、それを逃せばもう後《あと》がないことを。

「……い、いえ……まだ、実力で負けたわけでは、ありません……」

「そう、それでいい。三七八番を捨てて終わりだ」

満足気にうなずくと、オルフレッドは沈黙を保っていた女魔術師カーミラに視線を送る。

「カーミラ、お前はどうかな？」

「……もちろん、オルフレッドさまの意を尊重いたします。すべては『黒竜の牙』のために」

「よろしい。諸君らも異論はないな？」

オルフレッドの言葉に返事をするものは誰もいなかった。

「では、この件については終わりだ」

「……申し訳ございません。ひとつだけ教えていただきたいことが」

フォニックは口を開いた。反論も疑問も言うつもりはなかったが——どうしても最後にひとつだけ確認したいことがあったから。

「何かな？」

「三七八番がいずれ大成し、この『黒竜の牙』をも凌駕《りょうが》する未来がありはしないでしょうか？」

「はっはっはっはっは！」

オルフレッドは大笑いした後、こう続けた。

「ない。どんな偉大なる才であろうと、個は組織に勝てぬ。その男がどれほど力を積み上げようと、私が作り上げた『黒竜の牙』に対抗できるなどあろうはずもない」

これにて、三七八番——イルヴィスの不採用は確定した。

◆

試験から数日後、俺は合否発表を確認するため家を出た。

合格した受験生の番号が『黒竜の牙』本部の入り口に貼り出されているらしい。

『黒竜の牙』本部は――かなりデカい。

帝都でも王城に次ぐ大きな建物で、見上げてしまうほどだ。もちろん、大きさだけではない。建物から伝わってくる格式とか品格も王城と同じくらいすごい。

要するに立派な建物ってことだな。

さすがは帝都最大クランの本部。もし合格したら、こんな場所で働けるのか……。

合格したら、だけど。

そんなことを思いつつ掲示板を覗《のぞ》くと、案の定――

俺の受験番号は掲示されていなかった。

掲示板の末尾には『応募いただいた皆さまの、今後のご活躍をお祈り申し上げます』と書かれている。

万が一の可能性を信じてきたのだが、やっぱり結果は変わらないか。

……魔術の試験で試験官を吹っ飛ばしてしまったんだから仕方がない。心象も悪いだろう。威力を見せつけて俺ＳＵＧＥＥＥＥ！　なんて喜んでいるのは学生のうちだけだ。

社会人として越えちゃいけないラインってのは守らないとな……。

就職本にも書いてあった。『学生時代のノリが続くとは思うな。みんな命がけで仕事をしている』と。

俺はまだまだ甘いなあ……。

さて、帰るか——

俺が人だかりから離れて歩き出すと、誰かが俺に話しかけてきた。

「少しいいか」

振り返ると、そこには青い髪の優男が立っていた。

「あなたは——」

確か、流星の剣士フォニック。

妙なのは魔術師のようなローブを羽織っていて、フードをかぶっていることだ。近くで見なければフォニックだと気づけないだろう。

「……君と話しているのを見られるとまずいのだが、どうしても伝えたいことがあってな」

俺と話しているのを見られるとまずい？

どういうことだと俺は考えたが、すぐに気がついた。

フォニックは俺に便宜《べんぎ》を図ろうとしてくれた。言ってみれば不正だ。である以上、確かに俺との接触は避けるべきだ。

フォニックは口を開いた。

「君は結果に納得していないだろう。詳細は言えないんだが――すまない。君をかばいきれなかった」

――!?

そ、それはつまり……。

俺は感動してしまった。不合格は俺のミスなのに、それでもフォニックは謝ってくれた。そのミスを超えて、俺を合格へと導けなかったと謝ってくれたのだ！

さすがは帝都最大クランで試験官を務めるほどの男。器が大きい。

「気にしないでください。お気持ちだけで充分です。俺にも反省すべき部分がありますから。この結果は仕方ないですよ」

「……!?　我々の判断を――許すと!?」

判断を許す？

マジックアローで試験官を吹っ飛ばしたのだから、当たり前だと思うのだが。

「もちろん、許しますよ。同じ立場なら、俺だって同じ判断をするでしょうからね」

「我々の立場まで理解してくれているのか……君という男、なかなか計り知れないな……。ともに戦えなくて残念だ」

フォニックが手を差し出す。

「またいずれ、君とは違う形で出会いたいものだ」

お？　また便宜を図ってくれるのだろうか。ラッキー。俺から断る理由はないな。

頼みますよ、本当に頼みますよ？

「そうですね。またいずれ」

俺たちは握手をして別れた。

家に帰り着くと、妹のアリサが待っていた。

「お帰り、お兄ちゃん！」

「お前、仕事は？」

「休んだ！　どうせ、そわそわして仕事にならないし！」

アリサが目をきらきらさせて俺を見ている。

そんな目で見られると、落ちましたよ！　とは言いにくいな。うーん……試験が終わった後に「たぶんダメ」とは言っておいたんだが。

身内的には一ミリくらい期待してしまうものなのだろうか。

まあ、隠しても仕方がないのですぱっと言おう！

「落ちたよ」

「そっかー」

アリサは軽く受け流してくれた。顔に浮かぶ明るい表情も変わらない。

「だけどさ、気にしないでよ！　わたしはね、お兄ちゃんすごく頑張ったと思ってるから！」

「そうかな？」

「そうだよ。曲がりなりにも仕事を探そうとして、採用試験まで受けたんだから。前と同じはずがない。お兄ちゃんは前に進もうとしてるんだから！」

アリサの心遣いが嬉《うれ》しかった。

たぶん、アリサは俺の合格を期待して待っていたのではないのだろう。落ちてしまった俺が、一人で落ち込まないように待っていてくれたのだ。

「ありがとうな、アリサ」

心の底から俺はそう言った。

そう簡単には受からないだろうとは思っていたが、それでも「お前はいらない」と言われた事実は気持ちのいいものではない。そんなとき、誰かと話せるのは本当に助かるものだ。

「あのね、お兄ちゃん。今回の不採用って、逆にラッキーだったって思うのよね」

「そう？　どうして？」

「お兄ちゃんさ、ぜーったいに『黒竜の牙』に合わないよ？」

「ええええええ？　冒険者は俺に向いているって言ってたじゃなーい？」

「違う違う！　冒険者は別にいいんだけど、クランがね。最大手だけあって、あんまり自由度がなくて厳しいらしいよ」

おー！　それは確かに落ちてよかったかもな！

俺、協調性ないしね！

なんだ、冒険者ってみんな自由じゃないのか。自由を求めて冒険者になるのに、組織のしがらみに囚《とら》われてちゃ本末転倒ってやつだ。

「アリサ、どこでそんな情報を？」

「え？　仕事の知り合いだよ？」

アリサの仕事――俺も詳しくは知らないのだが、冒険者ギルドと取引があるらしい仕事なので、そのツテだろう。

ちなみに、肉親なのに妹の仕事を詳しく知らないのは……その、えーと、俺がニートなので気まずくて仕事関係の話をしていないからだ……。そういう話題は避けていたからな……。

「あとさ、その知り合いから教えてもらったんだけど、すごい受験生がいたそうだよ」

「すごい受験生？」

「うん。『黒竜の牙』って八星が有名じゃない？」

「そうだな」

俺だって知っている。『黒竜の牙』が誇る凄腕《すごうで》集団だ。

「その八星を試験で倒した人がいるんだって！」

「えええ!?　八星を!?」

心底から驚いた。そんな受験生がいるのか!?

……俺もフォニックたちをぶっ飛ばしたが、あの手応えのなさからして一般の団員だろう。

同じ『ぶっ飛ばした』でもかたや団員、かたや八星。世の中にはすごい人間がいたものだ。

「お兄ちゃんも精進あるのみだね！」

「はははは……八星を倒せるようになるなんて何年先だろうな……」

どこまでも遠い道のりだと俺は感じた。

だけど、それは悪くない目標だと思えた。ここを目指す――その意志こそが人を高みへと導いてくれるのだから。

よし、八星に肩を並べるのを目標にしてみるか！

どれくらい先になるかはわからないけど……。

「まずは業界になんとかして入らないとな。まだ冒険者ですらないし。またどこかのクランを探さないと」

「思ったんだけどさ、フリーの冒険者になったら？」

「フリー？」

「うん。クランに所属しない冒険者のこと」

そんなのがあるのか。……そっちのほうが俺には向いているかもしれないな。なんせ協調性とやる気がゼロの男だから。一人で気楽にやるほうがいい。

「そうだな。そっちで考えてみよう」

とりあえずニートは卒業できるか。

次の行動が決まったのはありがたい。やや途方に暮れていたからな……。

明日からは冒険者の登録について調べよう。

アリサが俺の右手をとってくれた。そして、満面の笑みを浮かべて言う。まるで俺を祝福するかのように。

「お兄ちゃん、最初の一歩おめでとう！」

「……ありがとう。だけど、まだまだ何も始まっていないよ」

「そうだね。でもね、わたしは始めることを選んだだけでも偉いと思うよ。一度でも立ち止まったら——また動き出すのは本当に大変だもの。でもね、お兄ちゃんは歩こうと決めて、本当に歩いてみせた。それがね、わたしには嬉しくて誇らしいんだ！」

アリサの言葉のひとつひとつが俺の心に沁《し》み込んだ。

アリサは本当に心の底から俺を祝福しているのだろう。それだけ俺の一歩が嬉しかったのだ。逆に言えば——立ち止まったままの俺についてずっと悩んでいたのだろう。

……心配をかけたな……。

「大丈夫だよ、アリサ。俺なりにやってみるから」

「頑張ってね、お兄ちゃん。応援しているから！」

「ああ、アリサの期待に応えられるよう頑張るさ」

こうして俺の止まっていた時間は動き出した。

まだまだ本当に最初の一歩目で——それもうまく着地できたのかわからない一歩目だったけど、ともかく俺は歩き出した。歩くと決めた。

だから、俺はくじけることなく二歩目を踏み出そう。

この歩みが俺をどこに導くかはわからないけど——

きっと俺の人生にとって無駄ではないのだから。

【第2章】元神童、フリーの冒険者を目指す

などと熱い誓いを立ててから一週間——

俺は家でゴロゴロしていた。

いやー、ほらさ、頑張る成分ガンバリンがないからさ、そう連続して頑張れないんだよね。ここで元気に動き回れるのなら、二年間もニートしていないわけで。

俺は充電期間に突入した。

そうしたら、にこにこ笑顔の妹アリサに両肩をつかまれた。

「お兄ちゃん？　わたしの感動を返してくれるかな？　そろそろ動き出してもいいんじゃないかな？」

妹の両手から、怒りの圧が伝わってくる。

生殺与奪の権を握られかけた俺は自立のための二歩目を強制的に歩むこととなった。

「じゅ、充電は終わった、かな……？」

「フリーの冒険者になるんでしょ？　終わるまでは敷居をまたいじゃダメよ」

プチ追放宣言をされて、俺は家から追い出された。

追い出す前にアリサは俺にこんなことを言った。

「あのさ、冒険者ギルドに行く前に髪でも切っていけば？　もっさりして第一印象が悪いよ」

……確かに。

ニートである俺は外見に気を使わない——使う必要がないからだ。そのため髪も伸ばしっぱなしで、たまに自分で雑に切っておしまい。そんな感じなので襟足《えりあし》は肩まで雑草のように伸び放題で、前髪は目にかかるほど長い。

ふむ、人生の再起！　という感じだし、身だしなみを整えるのはいいことかもな。

「わかった、散髪に行ってくるよ」

そんなわけで俺はまず散髪屋に向かった。

そこでバッサリと髪を切ってもらう。

俺の黒い髪がみるみる面積を減らしていく。首筋は涼やかになり、ちらちらと視界に入っていた前髪はきれいさっぱり消えた。

いわゆる、普通の男性がしている短い髪型だ。

鏡の向こう側には、とても俺とは思えない——いや、言いすぎた。ぶっちゃけ、ただの俺がいた。少しだけ感傷的に表現するなら『二年前の俺』か。

学生時代は清潔感の漂う短髪だったからな……。

「いやー、さっぱりしたね、お兄さん！」

髪を切ってくれた中年の男性が口を開く。

「ここまで切っちゃうと、同じ人だと思えないね！」

あながち言いすぎとも思えなかった。『黒竜の牙』の選考試験で俺を見た受験者たちが今の俺を見ても同一人物だとは思えないだろう。

……まあ、あの試験では悪目立ちしたからな……変な先入観を持たれても困る。これでリセットできたのは好都合だな。

次に、俺は冒険者向けの服を売っている店に向かった。

服にはあまり興味がないので、飾ってあった服一式をそのまま買うことにする。

ふむ、ますます以前の俺とは見違えるな。

イメージチェンジを終えた俺は冒険者ギルドへと向かった。

冒険者ギルドとは、冒険者の活動全般をサポートしてくれる組織である。討伐や護衛のような仕事を冒険者に斡旋《あっせん》してくれたり、採取した薬草など素材の買取をしてくれたりする。

ちなみに、クランとは別物だ。

クランとは一部の冒険者たちが勝手に集まってできた寄り合い所帯《じょたい》。所属しているメンバーで助け合って効率よく仕事をこなすことを目的とする。一方、ギルドは全冒険者のサポートを目的とした機関であり、公的なサービスの意味合いが強い。

そんなわけで、冒険者になるには冒険者ギルドで手続きが必要なのだ。

冒険者ギルドの一階はラウンジになっていて、たくさんの冒険者たちが集まっている。

俺はすたすたと奥にあるカウンターへと近づいた。

「すまない」

「はい、なんでしょう？」

話しかけると、受付嬢が応対してくれた。

「冒険者になりたいんだが、どうすればいい？」

「ご登録ですね、かしこまりました！　こちらの説明事項をよくお読みになって、申請書類に必要事項をご記入ください！」

ばさりと書類一式を渡された。

俺は近くのテーブルへと移動して書類に目を通していく。

……冒険者はF、E、D、C、B、A、Sのランクがある。このランクを上げていくことでギルドで受注できるクエストが増えていく。

最初はFからに思えるが――まずは無印、仮登録からだそうだ。

仮登録で簡単なクエストをいくつかこなし、その上で登録料として五万ゴルドを払うと晴れてギルド公認の冒険者になれる。

五万ゴルド！　お金がいるのか……。

ニートなのであまり余裕はないのだが……最悪この辺はアリサに相談するしかないか……。

次に申請書類。

名前や年齢、性別は別にいいのだが――

……また職業欄があるな……。さすがにもう学んだ。ここはニートと書くのではなく、戦士だの魔術師だのを書く。だけど、俺の職業ってなんなんだろう。

俺は職業欄だけを空白にして他を埋めた。

最後に誓約書。

……簡単にまとめると『死んでも文句を言いません!』と書いてある。

死んだときに文句を言われないため――ではなくて、おそらく『命の危険がある仕事だよ? 自覚あるよね?』と念を押すための書類だろう。

俺はすらすらと署名した。

書いた書類を持って再び受付嬢のもとへと向かう。

「いくつか確認したいことがあるんだが」

「なんでしょう?」

「職業欄には何を書けばいい?」

「冒険者として、ご自分の専門性が発揮できるものなら。剣技や魔術など何かしら励《はげ》まれていたものはありますか？」

うーむ……学生時代くらいしかやっていないな。

剣技も魔術も学生ではナンバーワンだったが……しょせんは学生時代の栄光。それをここで口にするのは違うだろう。半笑いで「学生時代の成績を口にされても……」と言われるのがオチだ。

「うーん、剣技も魔術もかじったくらいだな……冒険者になるのは難しいのかな？」

「いえ、大丈夫ですよ。……来るものは拒まず的な業界ですからね。ただ、こちらだけご留意ください」

そう言って、受付嬢が手で差し示したのは『死んでも文句言いません』と書いてある誓約書だ。

「ああ、理解している」

「でしたら、とりあえず『戦士』と書かれてはいかがですか？」

「戦士か……。わかった」

俺は言われたとおり『戦士』と書いた。

そのときだった。

「おいおい！　やめてくれよな、無特技が戦士を名乗るなんてよ！」

背後から突然の、嘲笑混じりの大声。

振り返ると、アルコールで顔を赤くした中年の男が立っていた。腰に剣を差しているだけだが、これぞ戦士という様子の鍛えた体つきだ。

「いいか、坊主？　お前みたいな特技のないガキに戦士と名乗られるのは迷惑なんだよ！邪魔だから家に帰って普通の仕事でもやってろ！」

「そう言われてもな。俺には冒険者になるしか道がないんだ」

好きなときに働ける冒険者くらいしか俺にはできない！

戦士の顔が不快げにゆがむ。

「迷惑だってのがわからねーんならよ、身体《からだ》でわからせてやろうか、あ？」

「待ってください！　新人さんへの圧迫はやめてください！」

「おいおい、俺は冒険者の危険性を教えてやろうって言ってるんだよ。俺ごときに凄《すご》まれてビビるやつに務まると思っているのか？」

「……そ、それは……」

「ここでほったらかしにして死なれたら寝覚めが悪いじゃねーか。俺が先輩冒険者としての気構えを教えてやろうって言ってるんだよ」

こぶしをバキバキと鳴らして男が言う。

……この男が本当に俺に教訓を与えたいだけなのか、単にうさばらししたいだけなのかは不明だが――

「そうだな、なら、その気構えとやらを教えてくれないか？」

「そうこなくっちゃ！」

笑う男に対し、受付嬢が慌てた声で俺に話しかける。

「ダ、ダメですよ、その人は中級の冒険者さんですから！　そんな挑発するようなことは――」

俺は受付嬢の言葉を無視して男をじっと見た。

この男で中級か。であれば一定の経験を積んでいるのだろう。むしろ都合がいい。経験を積んだ冒険者の強さを知るいい機会だ。

学生時代に学生剣聖、学生賢者と呼ばれて成績は圧倒的一位だった――その事実に現実を突きつける必要がある。ほら、お前ごときの力では中級ですら遠いのだぞと。俺は俺の心にある鼻っ柱をへし折るべきだ。

俺ごときに勝ち目はないだろうが――

せめて善戦はしてみせよう。

「覚悟のほどは一丁前だな！　なら、一発で終わらせてやるぜ！」

言うなり、いきなり男が殴りかかってきた。

その太い豪腕が空気を粉砕して――

粉砕して？

……いや、これは粉砕していないだろう。そんな迫力のあるこぶしではないが……まあ、いい。

俺は両手を交差させてガードした。かわしてもいいが——とりあえず強さを感じてみたい。中級冒険者という、はるか高みに存在する男のこぶしを。

ごっ！

音がした。

「はっ！　俺のパンチを防ぐとはいい反射神経じゃねーか！　だが、ガードした腕は無事じゃねーだろ!?」

無事だが？

何を言っているのかよくわからないが、ともかく俺のダメージはゼロだ。

「いつまで我慢できるかな!?」

男はガードする俺の両腕に何度もこぶしを叩《たた》きつけてくる。

「ひゃっはー！　おらおら！　声も出せないか!?」

確かに声は出せなかった。混乱していた。

……これが中級冒険者の本気なのだろうか？　そんなはずはないと思うが……。俺が雑《ざ》魚《こ》だと思って手を抜いているのだろうか。おまけに酔っ払っているしな。

……本気を出してもらいたいんだが……。少し牽制《けんせい》してみるか。

「ふん」

俺は男の腹へとこぶしを叩き込んだ。

「ごっふぉあ!?」

男の身体がくの字に折れ曲がり、その足が床から浮く。男の身体はそのまま力を失い、大きな音を立てて床に落ちた。

おや？　軽く殴っただけだったんだが……。

しん、とした空気がギルドに広がっていた。俺たちの騒ぎを眺めていた他の冒険者たちが驚いた顔で絶句している。

受付嬢の震えるような声が耳に届いた。

「……そ、そんな、中級冒険者を、初心者が一撃で……？」

ん？　俺、なんかやっちゃいました？

しばしの間を置き、静まるギルド内に――

「……く、くそ……！」

俺を殴ろうとした男の声が響く。

男がよろよろと身を起こした。その顔は苦しそうにゆがんでいて、手は腹を押さえている。

「な、なんだってんだ!?　てめぇは何者だ!?」

「何者も何も……特に取り柄のない初心者だが？」

俺の言葉に男が顔を真っ赤にした。

他の冒険者たちがからかいの言葉を男に投げかける。

「おーい！　初心者に負けてんなよ！」

「まさか、本気じゃないよな？」

真っ赤だと思っていた男の顔がさらに赤くなった。男が大声で冒険者たちに言い返す。

「うるせぇ！　そうだよ、本気のわけがないだろ！　ちょっと油断してただけだよ！　イテテテ！」

……なるほど。やっぱり本気ではなかったか。

危うく学生時代の成績が実社会でも役に立つのかと思うところだった。相手が本気でないのなら、今回はたまたまのマグレだろう。社会人がこんなに弱いはずがない。

「てめぇ、調子に乗るなよ！　いいか、手を抜いていたんだからな、俺は！」

「もちろんだ。そんなに弱いのだから、手を抜いていたことは俺にもわかっている」

「く、ぬ、ぐぬぬ！　この野郎……！」

男が怒りを口から吐き出す。

……？　怒っているのか？　いまいち男の反応がよくわからない。俺は男の言葉を肯定しただけなのだが。

まあ、俺が悪いのだろう。

やはり、通知簿に書かれていた協調性――共感性がないのは実社会で苦労するな……。

学生時代の先生はなかなかよく観察している。

「ちっ、おら、見世物じゃねえぞ、お前ら！」

男は冒険者たちに悪態をつきながらどこかへと消えた。

さて、と。もともと俺の冒険者登録の話だった。受付嬢と話をしなければ。

「すまない、話を戻そうか？」

「え、あ、はい！」

受付嬢が身体をびくっと震わせて反応した。

「……あの、本当に未経験者なのですか？」

「ああ」

普通、学校の授業でやったことを経験があるとは言わないだろうしな……。

「特に経験はない」

「……本当なんですかねぇ……」

うさんくさそうな目で受付嬢が俺を見た。

そういう目で見られても困ってしまう。ただのニートなのだが……。俺はカウンターの上の書類をとんと指で叩いた。

「とりあえず、書類はすべて埋めた。これで仮登録されるのかな？」

「はい、そうです」

「本登録にはクエストをこなす必要があると聞いたけど？　どんなのかな？」

「簡単なものばかりですよ。本当に冒険者を続ける気があるのか試すためのものですからね」

「なるほど」

なら安心だ。

「どんなクエストがあるんだい？」

「そうですね……イルヴィスさんだったら――」

うーんと考えてから、受付嬢はこう続けた。

「ハイオーガ狩りとかどうですか？」

「ハイオーガ？」

俺はあまりモンスターについて詳しくはない、が……。

「かなり強くないか？」

オーガとは人型の筋肉質なモンスターだ。人を食べる上に凶暴な性格で生半可な戦士では勝負にならないと聞くのだが。

しかも、『ハイ』がついている。もっと強いのでは？

「そうですね。中級冒険者でも危ないかもしれません」

「いやいやいやいや」

死ぬ！　さすがに死ぬ！　学生剣聖には荷が重すぎる！

「簡単なものばかり、という話はどこにいった？」

「イルヴィスさんならいける気がします！」

「いやいやいやいや」

なんだその謎の信頼度は。この受付嬢は俺を殺すつもりなのか。

「もっと普通のにしてくれないか？」

「ええ？　そうですか……なら、ハイトロールとかは？」

「まずハイって接頭語をどうにかして欲しいんだが……」

俺はこほんと咳払《せきばら》いした。

「普通のやつで頼む。普通の仮登録の人間がこなすやつで」

「そうですか、もったいないですね……」

残念そうな顔をした後、受付嬢は俺にこう言った。

「それでしたら、薬草集めなんてどうでしょうか？」

そんなわけで俺は薬草集めに向かった。

帝都の近くにある大森林にはいろいろな植物が生えている。それらを採取して買い取ってもらう、というのはポピュラーな仕事のひとつだ。

薬草は負傷を癒やす回復ポーションの作成や、さまざまな薬の原材料に使われるので需要が多い。

薬草は自生力が強いので抜いてもすぐに生えてくる。採取を生業にする人間にとってはまさに金が生えているようなものだろう。

だが、そう簡単に誰でもできるものではない。

そもそも薬草は『草』でしかない。素人には普通の草と見分けるのも大変だろう。また、薬草なんて一言で呼んでいるが、それは総称でしかない。

カールスグッド草、クリープフッド草、コルティース草など——数多くの種類がある。少なくとも代表的なものくらいは覚えておかないと、頑張って持ち帰っても実はただの雑草でした！　なんてオチもありえる。

受付嬢は簡単だと言ったが、それほど簡単な仕事でもない。

……薬草集めは駆け出し冒険者にとっての貴重な稼ぎとも聞く。これくらいで音《ね》を上げるようだと見込みがないのだろう。

とはいえ、俺には問題ない。

なぜなら俺は学生時代『園芸委員』をしていたからだ。基本的な植物の知識はすべて覚えてしまっている。

おかげで俺は早々に薬草のひとつ『カールスグッド草』を見つけ出すことができた。

得意げになりそうだが、いかんいかん。……学生時代にかじった程度の知識だ。社会人のプロフェッショナルに比べれば実に恥ずかしいレベルという自覚は持っておかないとな。

俺はカールスグッド草に近づいた。

クラスメイトは薬草を見つけるなり力ずくで引き抜いていたが――

俺はそんなことはしない。

園芸委員で植物の世話をしていたときにいろいろと実験をして、俺なりに薬草を引き抜くときの最適解を見つけていた。

カールスグッド草に手を当てる。

魔力を展開した。

まずは魔術で引き抜く薬草に土壌にある栄養を集約する。つまり、植物を栄養素でぱんぱんに満たすのだ。引き抜いた瞬間から薬草は栄養の補給路を失う。その前にたっぷりと溜《た》め込んでおくわけだ。

それから薬草を引き抜くわけだが――

もちろん、それで終わりではない。

別の魔力を展開する。

今度は引き抜いた薬草の表面を魔力でコーティングする。これによって水分や栄養素の脱落を防ぐ。

ようは、これで『鮮度がいい薬草』になったわけだ。

俺は腰につけたホルスターから立方体の箱を取り出した。

アイテムボックスと呼ばれるものだ。この小さな箱に結構な容量の荷物が詰め込める。

もちろん、無限に入るわけではない。アイテムボックスは所有者の精神とリンクするためか容量の限界は人によって異なる。

俺はアイテムボックスを引き抜いたカールスグッド草に近づけた。

取り込め——

と念じた瞬間にカールスグッド草がアイテムボックスに消えた。

「よしよし」

その後も順調に薬草集めをし、俺は冒険者ギルドへと戻った。ギルドに薬草を持っていくと買取をしてくれるのだ。

買取専用のカウンターからは、

「おいおい！　この買取価格はないだろ!?　もっと色つけてくれよ!?」

「ダメですね。こんな低品質なもの、買い取ってもらえるだけでも感謝して欲しいくらいです」

冒険者たちと買取員との激しいやりとりが聞こえてくる。

少しでも高く売りたい人間と少しでも安く買いたい人間のぶつかり合い。……う！　胃が！　胃が痛い！　人がいいんで値切るとか交渉事は苦手なんだよね……。

そう思いつつ、俺は空いているカウンターに立つ。

若い女性の買取嬢がにこやかに俺を迎えてくれた。

「買取ですか？」

「この薬草をお願いしたい」

とりあえず、俺はアイテムボックスから一束の薬草を取り出した。

「どうだろう？」

「鑑定しますね。少しお待ちください」

買取嬢が俺の薬草を手にとる。だんだんと作業が進むにつれて買取嬢の表情は興奮気味になっていく。動作のひとつひとつに慌ただしさが増していく。

……うん、どうしたんだろう？

「え、嘘《うそ》……どういうこと？」

そう独り言のように言った後、

「えええええええええええええええええ!?」

周りの人間がびっくりするような声を買取嬢が上げる。そして、まるまると開かれた目で俺を見つめた。

「こ、このカールスグッド草、まれに見る最高品質なんですけど、どどど、どうしたんですか!?」

買取嬢が興奮した様子でまくし立てる。

「こんな瑞々《みずみず》しい薬草が持ち込まれるのは本当に久しぶりです！」

「ほう、そうなのか」

薬草の品質がよければ、作成するポーションの効果が高くなったり、生成量が増えたりする――ので歓迎されるのは事実だ。

だが――

「そんなに珍しいのか？」

それほどとは思わないのだが。あの大森林ならいくらでもありそうな気がするのだけど。

「昔は、ちょくちょく出ていたんですけど――この数年はさっぱりで……」

「どうして？」

「えぇと、その――」

買取嬢がぼそぼそと小声になって話を続ける。

「帝都最大クラン『黒竜の牙』さんが独占しているんですよね……」

まさかその名前をここで聞くことになろうとは。

「『黒竜の牙』が?」

「はい。『黒竜の牙』さんは大森林に専有地をお持ちでして、そこからは高品質の薬草が出るんですけど、他からはさっぱりで」

ふぅん……?

少し腑《ふ》に落ちない感じだった。高品質な薬草は確かに生えやすい場所、生えにくい場所があると思うのだが、その専有地でしか生えないというのは妙な話だ。あれほど大きな森なのに。

「専有地以外だと生えていないのか?」

「昔はそうでもなかったんですけどね。ここ数年は確かにそうですね。森の奥のほうに行けば違うかもしれませんが、近年は森のモンスターが増加していて、薬草集めをするような冒険者ではいけないんですよね」

モンスターが増加しているのか……気をつけるとしよう。

俺は話題を変えた。さっき『黒竜の牙』について話す彼女の様子が気になったからだ。

「『黒竜の牙』が独占していると問題があるのか?」

「『黒竜の牙』さんは冒険者ギルドを通さず、自分たちの取引先に直接、卸《おろ》しています」

「なるほど、冒険者ギルドとしては儲《もう》からないので困ると」

「だけ——だったら深刻でもないんですけどね……」

　買取嬢が困ったような笑みを浮かべた。

「『黒竜の牙』さんは自分たちの取引先に『だけ』、いい条件で高品質な薬草を卸していま す。ですが、高品質な薬草を必要としている組織は他にも多くあります。わたしたち冒険者ギルドの場合は公的な機関としての立場がありますから、公平に分配しています――その違いがありますね」

　……なるほど。あのクランはそんなことをしているのか。営利組織なのだから儲かる方向に全力なのは理解できなくもないが。

「状況はわかった――他にも高品質な薬草があればいいんだが」

　そう言って、俺はアイテムボックスから残りのカールスグッド草をどさどさと取り出した。

　きらきらっと買取嬢の目が輝く。

「鑑定させていただきます！」

　買取嬢はひとつひとつ手にとって――

「えーと……え、え、え、え!?　これも、それも、あれも！　すごい！　すごい品質ですよ！」

　興奮の声を上げた。すると他の買取員たちもどれどれとやってきて俺の薬草を見る。そして――

「お、おおお！　本当だ、すごい！」

「こんな高品質が!?」

「しかも、大量に!?」

口々に驚きの言葉を口にする。そんなにすごいのか、このカールスグッド草。運がよかったな。

偉い雰囲気を漂わせた中年の男が俺に話しかけてくる。

「君、これ、どこかに群生していたのか？」

「え？」

群生？……ああ、全部の品質がいいから同じ場所で生えていると思っていたのか。

「いや、別に群生していたわけではなくて……森の入り口に生えているのを適当に採ってきただけだが」

「大森林の入り口付近で採れるものがこんな高品質なはずがなかろう！」

むっちゃ怒られた。

……そうなのか？　だけど本当に森の入り口周辺で採ったものなんだが。

最初に、俺の相手をしていた買取嬢が中年の男に声をかける。

「あの、やはり冒険者としては『秘密』にしたいのかもしれません」

「むぅ……そうか、まあ、彼らの飯の種だからな……」

勝手に変な憶測をされて、勝手に納得してくれた。

派手に脱線したが、最終的には普通の薬草の二倍の金額で買い取ってくれた。

薬草集めっていいお小遣い稼ぎになるな。本登録に必要な五万ゴルドも自力で集められそうだ。

まだ仮登録だけど、悪くはないスタートだ。

俺は少しばかり未来への明るい展望を見た気がした。

気分よく冒険者ギルドを出ていこうとしたとき——

ふと壁に貼ってあるポスターに気がつく。

『大森林でジャイアント・リザードが増えています。採集活動をしている新人冒険者は警戒してください』

巨大トカゲか。……気をつけることにしよう。

◆

採用試験が終わってから二週間後、流星の剣士フォニックは慌ただしい日々を過ごしていた。

「ピギャ！」

フォニックの一撃でジャイアント・リザードが絶命した。大きさ二メートルほどの巨大なトカゲだ。大森林で増加傾向にあり、八星のフォニックまで駆除に駆り出されている。

「おおお！　さすがはフォニックさま！」

周りの部下たちが褒め称《たた》える。フォニックはふっと小さく笑ってみせるが——仕草だけだ。心は焦りに包まれている。

八星として、失ってしまったオルフレッドからの信頼を早く取り戻さなければ！

そう思っているからだ。

そのためには大きな仕事がいる。オルフレッドが注目する大きな仕事が。だが、実際のフォニックは森で巨大トカゲを狩っているだけ。

実にままならない状況だ。

そんなある日、クラン本部に戻ったフォニックをオルフレッドが呼び出した。

（……なんだろう？）

執務室を訪ねたフォニックの顔を見るなり、オルフレッドはこう言った。

「大森林の奥でジオドラゴンの目撃例が増えている」

「ジオ、ドラゴン——！」

ジオドラゴン。その名のとおり、全長二〇メートルを超えるドラゴン種のモンスターだ。

空は飛べない代わりに強固な灰色の鱗《うろこ》と耐久力を持つ。

Sランクの冒険者でなければ倒せない厄災級のモンスターだ。

ジャイアント・リザードどころか、そんな大物まで現れるなんて！

オルフレッドが話を続けた。

「冒険者ギルドからジオドラゴン討伐の依頼が『黒竜の牙』に来ている。……もちろん、受けるつもりだ」

そう言ってから、オルフレッドはフォニックに訊《き》いた。

「フォニックよ、竜殺しの経験は？」

「ありません」

「そうか」

軽く受け流した後、オルフレッドはこう続けた。まるでちょっとした買い物を頼むような気楽な口調で。

「ならば、やってみるか？」

「やります」

フォニックは即答した。そこに迷いはない。

竜殺し——そんな言葉にフォニックは臆《おく》しない。むしろ胸に昂《たか》ぶりすら覚える。一流の剣士である以上、竜とは怯《おび》えるべき存在ではない。倒すべき存在であり、倒したことを誇る存在なのだ。

そのチャンスがついに今——

剣士としての誉《ほま》れよ！

それに、フォニックにはわかっていた。

これが失地挽回《ばんかい》のチャンスであることを。オルフレッドは言っているのだ。この任務を着実に遂行し、色あせた八星としての輝きを示してみせろと。

だから、フォニックははっきりと言い切った。

「お任せください。この流星の剣士フォニック、必ずや期待に応えてみせましょう！」

◆

最初の仕事から一ヶ月が過ぎ——

その間、何度も俺は大森林へと薬草を採取しに出かけた。

「えええええええええええええ！　ま、またしても高品質な薬草ですか!?　あああ、あなたは神の手の持ち主ですか!?」

薬草を売りにいくたびにギルドの買取嬢が驚きの目で俺を見る。

神の手って。

……今では珍しいとされる高品質な薬草ばかり売りに来ているんだから無理もないか。

……いや、それでもやっぱり神の手って。

さすがに高品質な薬草ばかり集めているだけあって、俺のことが噂《うわさ》になりつつあるらしい。

おかげで、大森林に出るとちょくちょく俺の後をつけてくる冒険者に気がつく。俺が『秘密の群生地』を知っていると思っているのだろう。

気持ちはわからないでもないのだが……別に俺はそんな謎の群生地なんて知らない。本当にそこら辺の薬草を引っこ抜いて採取しているだけなのだ。

なので結局その謎の気配たちも諦めて、そこら辺の薬草を引っこ抜いて消えていく。

ギルドの買取嬢が俺にこっそり教えてくれた。

「イルヴィスさんの後をつけている人たちがいるみたいですね」

「ああ、気づいているけど——どうしてギルドがそれを？」

「本人たちが教えてくれるからですよ」

にっこりと笑って買取嬢が続ける。

「わたしたちが『これは普通の薬草ですね』と鑑定すると、イルヴィスさんと同じ場所で採取しているからそんなはずはない！　と言われるんですよね」

「……なるほど」

「でも、同じ場所で採取しているのに品質が違うのは不思議ですね？」

「それは俺も不思議だな」

「やっぱり神の手じゃないんですか?」

「別に普通の手だと思うんだがな……」

俺は手をまじまじと見た。働けども働けども我が暮らしはぐうたらゴロゴロにならず……。

どうして俺の薬草だけ高品質になるのだろうか。俺が学生時代に編み出した採取前の『栄養の補充』と『表面のコーディング』なんて社会人なら誰でもやっているだろうしな……。

さっぱりわからない。

まあ、気にしないでおこう。

「あ、そうだ、イルヴィスさん、気をつけてくださいね」

「何に?」

「そこのポスターにもありますけど、大森林でジャイアント・リザードが増えているらしいんですよ。薬草集めをしている冒険者にも被害が出ていて」

ああ、壁に貼ってあったな、それ……。まだ続いているのか。

「気をつけるよ」

そんな感じで薬草の採取を進めつつ――

俺は日に日に少しずつ大森林の奥へと進んでいった。当たり前のことだが、薬草は一日では生えない。おまけに俺の後をつけて同じ場所で採取していく連中までいる。そうなると新しい薬草を求めて森の奥に進むのは当然のことだ。

奥に進めば進むほど、モンスターの出現率が高まるのだが――

俺の場合は特に問題ない。

モンスター払いの魔術を使っているからだ。これを展開しておけば低レベルなモンスターは近寄ってこない。

どれくらい強いのか不明だが、ジャイアント・リザードなんて名前からしてザコだろう。いくら数が増えようと俺には近づいてこれない。

ふはははははは！　採取がはかどるなあ！

そんな感じで俺が薬草を集めていると――

ばきばき、みしし、めきめき！

と木のへし折れる音が聞こえてきた。はて、なんだろうか、と思って俺が音のほうに目を向けると木をなぎ倒して巨大な何かが姿を現した。

……え？

それは一言で言えば巨大なトカゲだった。

ギルドの買取嬢の言葉が俺の脳裏に蘇《よみがえ》る。

――大森林でジャイアント・リザードが増えているらしいんですよ。

なるほど。こいつがジャイアント・リザードか。俺はそう思ったが、気になることもあった。

頭が大きすぎる。身体《からだ》を支える手の大きさも。象とかそんな生易しいものじゃなくて――これ、頭から尻尾の『根元』だけでも二〇メートルはありそうなんだが……。ジャイアント・リザードにしてもさすがにジャイアントすぎやしないだろうか。

思うんだが、トカゲのジャイアントってせいぜい二メートルくらいじゃないだろうか。……いや、まあ、話の流れからしてジャイアント・リザードなんだろうけどさ。

ジャイアント・リザードって名前でザコだと思い込んでいたが、俺のモンスター払いを突破してくるほどだ。それなりの強さなのだろう。

これは気を引き締めないとな……。

巨大トカゲの目は明らかに敵意に満ちている。

俺に恨まれる理由はないのだが――まあ、モンスターとはそういうものだ。濃厚な瘴気《しょうき》から生まれる存在であり、人間や動物のような通常の生態系とは異なる種。

彼らは無条件に俺たちを憎み、敵視する。

「オオオオオオオオオオオオオオオオオオオオオオオオオオオオオオ！」

ジャイアント・リザードが咆哮《ほうこう》を上げた。

びりびりと肌が震える。いや、それは肌どころではなく、俺の心臓にすら冷たい感触をもたらした。恐怖が全身を――

ちっ、バインド・ボイスか！

「はっ！」

俺は大きな声を上げてトカゲの咆哮を弾《はじ》き返した。心に恐怖を抱かせて動けなくする咆哮――最近のトカゲはこんなことまでできるのか……。

ジャイアント・リザードが俺へと向かってくる。鈍重そうな巨体だが、反面、一歩がバカでかいため意外な速度で距離を詰めてくる。

その勢いのままに巨大な前脚を俺へと振り下ろした。

どぉん！

地面が揺れるような衝撃、そして、その大質量に耐えきれずに地面が沈み込む。

が、すでに俺はそこにいない。

トカゲの足を避けて移動――そして、足元に転がっている太い木の枝を拾い上げる。

ちょうど片手剣くらいの長さで扱いやすそうだ。

そんな俺に再びジャイアント・リザードが前脚で踏みつけようとしてくる。

俺は足を止めた。俺を包み込むほどの巨大な影――そして、巨大な前脚が迫ってくる。

俺は持っている木の枝に魔力を注ぎ込んだ。

「エンチャント――硬化」

木の枝の表面に魔力の輝きが宿る。

すぐそこまでトカゲの大足が迫っていた。

俺はトカゲの足の裏めがけて枝を振るう。

俺の一撃は容赦なくトカゲの大足を切り払った。俺の一撃を受けて巨大トカゲの足が――まるで滑空したかのように位相をズラす。

どしん！

空振った足が地面を踏み鳴らした。

なるほど、どうやら学生剣聖、学生賢者ごときでも剣技と魔術を組み合わせればジャイアント・リザードの足くらいなら払いのけられるらしい。

俺の装備は『布の服』と『木の枝』だけだが、どうにかなるかな？

一方、俺の切り払いで踏みつけを阻止されたジャイアント・リザードだが――

諦めていないようだ。

再び巨大な足を振り上げて俺を踏み潰そうとしてくる。

「同じだ」

またしても俺の一閃《いっせん》が巨大トカゲの足を払いのけた。ジャイアント・リザードがバランスを崩してよろめく。

その瞬間、俺は走り出した。

「エンチャント――鋭刃！」

俺は『鋭刃』を展開、巨大トカゲの前脚へと斬りかかる。俺の刃は軽々と巨大トカゲを覆う鋼鉄のような鱗《うろこ》を切り裂いた。切り開かれた肉から血が流れる。

痛みにトカゲの巨体がびくりと震えた。

おっと、まだ出し物は終わっていないぞ？

「エンチャント――爆撃！」

突き出した木の枝がトカゲの傷口に深々と刺さる。

直後、仕込んでいた『爆撃』が発動した。

「爆《は》ぜろっ！」

爆音が響き渡る。巨大トカゲの左足、その内部に突き刺さった枝が見事に爆ぜた。

さすがにたまらなかったのだろう。

ジャイアント・リザードが悲鳴を上げた。

その悲鳴はそのまま魔力となってほとばしる。いきなり中空に無数の魔術陣が浮かび上がった。

……なんだ!?

現れた魔術陣のひとつひとつから、巨大な石柱が飛び出してきた。俺めがけて――！

ちぃっ！

最近のジャイアント・リザードは魔力まで展開するのか！

爆破攻撃で使っていた木の枝を失った俺は、地面に転がっている別の木の枝へと飛びついた。

そして、振り向きざま――

すぐ目の前に石柱が迫ってきている！

だが！

「エンチャント――硬化！」

俺の一振りで飛んできた石柱のすべては四方に弾け飛んだ。

……ふぅ、相手がジャイアント・リザードでよかった。もし強大なドラゴンの魔力が相手だったら、こううまくはいかないだろう。

「オオオオオオオオオオオオオオオオオオオオオオオオオオオオオオオオオ！」

巨大トカゲが吠《ほ》えた。

その瞬間、さっきと同じ無数の魔術陣が一斉に展開された。

中空ではなく――俺の足元を中心とした地面に。

俺は瞬間、理解した。

次に何が起こるのか。

「くそっ！」

いきなり地面から石柱が飛び出した。足元に展開した防御魔術のおかげで致命傷は避けられたが、圧倒的な質量による勢いまでは殺しきれない。

俺の身体は石柱に突かれて高く跳ね飛ばされた。

空中で体勢が整っていない俺に怒り狂ったトカゲの顔が下方から迫ってくる。

俺を丸呑《まるの》みしようと大口を開けて。

俺は左手を差し出した。

「ウィンド・バースト！」

その瞬間、俺とトカゲの間に膨大な『風』が爆発した。それは巨大なトカゲの動きを少しだけ止めて、俺の小さな身体を上空へと弾き飛ばした。

よし、距離が置けた――仕切り直しだ！

俺は吹っ飛びながら体勢を整えて『空気』を蹴る。

エア・ラダーを発動したのだ。この魔術は空中に足場を作る。連続発動で次々と足場を生成、それらを順に蹴りつけながらジャイアント・リザードへと近づいていく。

その途上、前方から木の枝が飛んできた。

俺のウィンド・バーストの余波が巻き上げたのだろう。無視してもよかったが――俺は左手でそれを受け取った。

双剣スタイル。

ちょうどいい、火力が足りないと思っていたところだ。悪くない選択じゃないか。

「オオオオオオオオオオオオオオオオオオオオオオオオオオオオオオオオオ！」

空から迫る俺に向かって巨大トカゲが咆哮、またしても無数の魔術陣を展開する。

次々と石柱が撃ち放たれた。

俺の装備は布の服。直撃を受ければただではすまない。だが、何も問題ない――

当たらなければどうということはない！

俺はエア・ラダーを機敏に飛び移りながら石柱をかわしつつ肉薄する。かわせないタイミングのものでも――

ぎぃん！

俺のひと振りが容赦なくはたき落とす。

あっという間に俺はトカゲの巨大な頭に近づいた。

「エンチャント――鋭刃、鋭刃！」

二本の木の枝に万物を切り裂く魔力を込める。落下速度を殺さないまま、左右の斬撃を叩《たた》き込んだ。

トカゲの、右の目玉へと。

巨大トカゲが悲鳴を上げる。

「アアアアアアアアアアアアアアアアアア！」

片目を鮮血に染めたまま、身体を伸び上がらせた巨大トカゲが悲鳴を上げた。

俺は巨大トカゲの側面を落下——落ちながら両手の獲物でトカゲの長く伸ばした首を斬りつける。俺の強化された斬撃はトカゲの巨大な鱗を容赦なく削り、その下にある柔らかい肉を切り刻む。

俺が着地した直後、半身をずたずたに切り裂かれた巨大トカゲは痛みに耐えきれず、起こしていた上半身を地面に倒した。

地面が揺れて、土ぼこりが舞い上がる。

瞬間的な大ダメージのせいか、巨大トカゲの動きはとても緩慢《かんまん》だった。うまく動けない——それは俺が待っていたチャンスだった。

巨大トカゲによってへし折られた木に近づく。角度と距離を計算して——俺は木に乗ると地面に向かって魔術をうち放った。

「ウィンド・バースト！」

風が爆ぜた。その勢いに押されて、俺を乗せたまま倒木が中空へと飛ぶ。そして、それは俺の計算どおり巨大トカゲの頭上へと向かっていった。

弾道計算——ただの計算ならば学生時代の成績でも充分に胸を張れる。

そして、そのままそれは巨大トカゲの頭へと落ちていった。木に手を当てて俺は叫ぶ。

ず。

「エンチャント――鋭刃！」

空を飛ぶ倒木に魔力の輝きが灯《とも》る。木の枝が武器になるのだ。木そのものだって同じは

だが、質量の桁が違う。

こいつならどうだ!?

巨大トカゲは飛来してくる木にようやく気がついたようだ。確認しようとその顔を上げ

ようとするが――

遅い！

鈍い音とともに俺の魔力によって鋭さを付与された木の根元が巨大トカゲの眉間に突き刺

さる。それは深々と、その大きな幹の半ばまでを巨大トカゲの頭へと叩き込んだ。

巨大トカゲが咆哮《ほうこう》する。

「オオオオオオオオオオオオオオオオオオオオオオオオオ……！」

だが、それはさっきまでの大声とは明らかに違った。力強さの欠けた、終わりゆく命が

吐き出す声だった。

その巨体がぐらりと揺れる。

「……っと！」

俺は倒木から手を離して地面へと飛び降りる。

まるで俺の後を追うように力を失った巨大トカゲの身体《からだ》がずぅん……と音を立てて地面へと倒れ伏した。その巨体は一度だけびくん、と震えると二度と動かなくなった。

「……ふぅ……」

俺は息を吐いた。

どうやら終わったようだ。

どうにか丸腰――布の服だけの装備で切り抜けられた。相手がジャイアント・リザードでよかった。もしこれがドラゴン種であれば学生剣聖ごときの俺ではひとたまりもなくやられていた……。

「ま、運も実力の内だな」

そう俺は笑いかけたが、やめて首をひねった。

運がいいとはとても思えない。

そもそも、この労力によって得られる報酬はゼロなのだ。大量の肉？　モンスターの肉は瘴気《しょうき》による汚染が凄《すさ》まじく食べられたものではない。強靭《きょうじん》な鱗や牙を武器や防具に転用？　確かにそれができれば便利だが、残念ながら人類の技術はそこに追いついていない。

そんなわけでモンスターの死骸はなんの役にも立たないのだ。

「ああ、もう！　働き損だ！」

俺は地団駄を踏む。命の危険を脱しただけ。マイナスがゼロになっただけ。なんの得もありはしない。

だけど、まあ……。

「リハビリにはなったか」

学生剣聖、学生賢者——別に自慢できるような肩書ではないけれど、さすがに二年もゴロゴロしていると感覚が鈍っているのも事実。今日の激闘はそれを取り戻すのに役立った。

おまけに——

買取嬢が言っていたではないか。薬草集めをしている冒険者にも被害が出ていると。

つまり、俺の頑張りで今後の被害は多少なりとも減ったわけだ。

ふふっと笑いが俺の口から漏れる。

俺の力が役に立った感じがして、それは誇らしくて気持ちがいいものだった。

「ま、それほど悪くもないいな」

そんな気分のよさを感じながら、俺は帝都へと戻っていった。

◆

その日、討伐隊を指揮していたフォニックは大森林の奥へと向かっていた。

オルフレッドに命じられていたジオドラゴン討伐を為《な》すためだ。

「ギエアアアア！」

獣の、断末魔の悲鳴が響き渡る。ジャイアント・リザードを部下の戦士が切り捨てたのだ。

対ドラゴン用に集められた精鋭だ。八星のフォニックには及ばなくても、ジャイアント・リザードごときに後《おく》れをとるはずもない。

全長二メートルくらいの大きなトカゲはあっさりと絶命、動かなくなる。

部隊は何事もなかったかのように進軍を再開した。

「……それにしても、モンスターの数が本当に増えたわね」

隣を歩く八星『紅蓮《ぐれん》の』カーミラがそう言った。彼女もまたオルフレッドの指示を受けて副隊長として竜殺しに参加している。

「そうだな」

フォニックはうなずく。

ここ数年、カーミラの言うとおり大森林のモンスターは増加している。理由はわかっていて森を包む瘴気の濃度が高まっているからだ。

モンスターは濃厚な瘴気から生まれてくる。

瘴気が濃くなれば危険度は高まる。より強いモンスターが、より多く――単純な理屈だ。

その瘴気が極端に高まれば、ジオドラゴンのような危険度の高いモンスターが生まれることもある。つまり、この事態は起こるべくして起こったのだ。

(ここ数年――いや、ここ三年か)

三年前、ちょうど『黒竜の牙』の収入が大きく伸長した年だ。

帝都最大クラン『黒竜の牙』は、もはや冒険者の寄り合い所帯などではなく巨大な営利組織となっている。ここでは多くのものが『金を稼ぐための事業』とみなされている。

大森林での薬草採取も同様だ。

もともと薬草採取は収益の少ない部門だったが、この三年で大きく伸ばしてきた。

オルフレッドがずいぶんと昔に王族から与えられた大森林の専有地――この三年、なぜかそこでしか高品質な薬草が採取できなくなったのだ。おかげで『黒竜の牙』の独占状態となり、大手の取引先に高く売れた。

その結果、お荷物扱いだった薬草採取部門はクランでの存在感を大きく増している。

その立役者こそが八星の一人――『森林の賢人』ことヴァルニールだ。

薬師ヴァルニールは三〇代半ばの男だ。四年前に急死した前任者の後を引き継いで八星となり薬草採取の責任者となった。

ヴァルニールは『実力はあるが影の薄い地味な男』と見られていたが、ここ数年で確かな手腕を示し、オルフレッドからも一目置かれる存在となった。

同僚の大きな成功――

だが、フォニックには引っかかる部分もある。

（……あまりにもうまく行きすぎている……）

就任と同時に薬草の品質が上がったのは別に構わないのだが――

それと前後して瘴気が増してモンスターが増加している事実は見逃せない。おまけに、その影響を『黒竜の牙』の専有地は受けていないのだから。

ヴァルニールは、瘴気の影響を受けないように専有地は丁寧に管理している、と言っていたが――

一度だけヴァルニールに問うたときがある。

「ここ数年、大森林で起こっている変調についてヴァルニールどのは見解をお持ちか？」

「さあ、どうでしょうな……」

「すべてが我々にとって都合がよすぎる。何かあるのではないか？」

「私には見当がつきません……」

ヴァルニールは首を傾《かし》げつつ言った後、薄く笑みを浮かべて続けた。

「ですが、まあ、どうでもいいではありませんか。おかげで我らのクランは潤っている。それはオルフレッドさまの喜びでもある。『黒竜の牙』に忠誠を誓う我らにとって、それこそがもっとも大事なことでは？」

そう言われるとフォニックには反論できない。クランメンバーとして正しい考えだからだ。

帝都最大クラン――そこに至ってもオルフレッドの野望は燃え尽きていない。もっと大きく、もっと強く。さらなる拡大を望んでいる。

クランの重鎮たる八星としてフォニックはその達成を第一に考えなければならない――

「フォニックさま！　先遣隊《せんけんたい》が戻ってきました！」

部下の言葉にフォニックは、はっと我に返る。

前に視線を向けると、軽装のクランメンバーたちが慌てた様子で戻ってくる。

何か不測の事態でも起こったのか？　あるいはジオドラゴンを見つけたのか？

まず最初にフォニックはそう考えたが、すぐに違うだろうと思い直した。なぜなら、彼らの顔にあるのは焦りでも恐怖でも興奮でもなく困惑だったから。

それはそれで腑《ふ》に落ちないが。

そんな表情を浮かべる理由がまったく予想できない。

先遣隊の一人が大声で叫んだ。

「フォニックさま！　大変です！　ジオドラゴンがいました！」

それは想定の範囲内だが。

しかし、続く先遣隊の言葉はフォニックの想像を大きく裏切った。

「ジオドラゴンはいましたが、死体、死体でした！　何者かに倒されています！」

「……!?」

誰が、どうやって？

フォニックの表情に困惑が浮かんだ瞬間だった。

そして、フォニックだけではない。

その報告を聞いた瞬間、討伐隊に動揺が走った。これから挑む対象が死んでいるのだから当然だろう。

だが、それ以上に――

何者が……？

その疑問が全員の顔に浮かんでいる。フォニックとて例外ではなかった。

隣のカーミラがひび割れた声でつぶやく。

「……メンドくさい仕事が勝手に終わってくれてラッキーと言うべきかしら？」

「そう思うのは状況を確認してからだな」

むしろ面倒な気がしてならない。もともとは『倒して終わり』だったのに、今だと『意味不明な状況を調査して報告』しなければならない。

おまけに、あの容赦のないオルフレッド相手に。

竜殺しのほうがどれほど楽だろう。八星のうち二人がいる以上、たとえドラゴンが相手でも負けるはずはないのだから。

ため息を飲み込みつつフォニックは口を開いた。

「現場に急ぐぞ」

そこはそれほど遠くない場所だった。先遣隊の言っていたとおり、二〇メートルは超えるドラゴンの死体が横たわっている。

同じトカゲ種でもジャイアント・リザードとはまったく別物だ。

これだけの巨体が暴れたのだ。まるで竜巻に巻き込まれたかのように、周りの木はむちゃくちゃにへし折れている。巨大な四本の足と太いしっぽで荒らされた大地のあちこちには、何本もの石柱が突き立っていた。

「……確かに死んでいるな」

つぶやきつつフォニックは頭痛を覚えた。

死んでいるのは構わないが——明らかに死に方が異常だ。

ドラゴンの眉間に大きな木が突き刺さっていた。

ドラゴンの眉間に、大きな木が、突き刺さっていた。

え、どうして？

部隊長としての落ち着きを意識していなければ、フォニックは疑問を口にして狼狽《ろうばい》しただろう。

何かしらの斬撃で首がはねられていた——わかる。

何かしらの魔術で吹き飛ばされていた——わかる。

英雄が竜殺しを為すのなら、それはきっとそんな痕跡こそがふさわしい。

だが、眉間に深々と突き刺さった——樹木!?

そんな竜殺しをフォニックは知らない。本当に竜巻でも巻き起こって、舞い上がった樹木が運悪くジオドラゴンに突き刺さったのだろうか。

……いや、竜の強固な鱗《うろこ》を樹木ごときが突き破れるとは思えないのだが。

それに妙な痕跡は他にもある。

竜の右半身が激しく傷んでいた。固まった血で塞《ふさ》がれている右目から始まって、無数の斬撃による裂傷が下方へと続いている。

(……これは双剣スタイルか……?)

竜に刻まれた斬撃には二つのパターンがあった。右から流れたものと、左から流れたものが。つまり、右手と左手から放たれたと考えるべきだ。

もちろん、それ自体はひとつの戦法だ。

それほど意外でもない。

それよりも——

「はぁっ!」

気合の声とともにフォニックは剣を引き抜き、竜の死体へと切りかかった。

『流星の剣士』という異名は伊達《だて》ではない。フォニックの鍛え抜いた技量は竜の硬質な鱗をあっさりと両断し、その下にある肉をも切り裂いた。

　フォニックは己が作り出した裂傷と、もともと刻み込まれていた裂傷を比較する。

傷口が明らかにおかしい。いわゆる『剣』――鋭利な刃を持つ武器なら何でもいいが、それによる攻撃だと鋭い傷が残るものだ。

　だが、竜の身体《からだ》に刻み込まれていた斬撃は違う。

もっと鈍いもの――鋭くないもので『無理やり鋭く』斬った感じがする。

（……鋭くないもので、無理やり鋭く斬った――我ながら意味不明だな……）

　内心でフォニックは首をかしげるが、そうとしか表現できない傷跡だった。長年、剣を持つものとして戦ってきたが、こんな裂傷を見るのは初めてだ。

「……ホントにジオドラゴンを倒した人がいるなんてねえ……」

　カーミラが巨大な竜の死体を見ながら、そんなことを言う。

「カーミラ、魔術師の君に尋ねたいのだが、竜の眉間に倒木を突き刺す魔術はあるのか？」

「酔っ払ってるの？って返したくなる質問ね。そんなわけのわからない魔術を使うくらいなら、隕石《いんせき》落としでもしたほうが早いんじゃない？」

　カーミラの視線が動いた。

　その先には大きく抉《えぐ》れた地面があった。

「あそこだけ他の地面と様子が違うのよね。ウィンド・バースト――大気を爆発させて衝撃波を生み出す魔術で吹き飛ばしたみたいにね」

カーミラの視線がすーっと動き、弧を描いて竜の眉間へと向かう。

「誰かさんがウィンド・バーストを展開、きれいに弾道計算して着弾させればできないことはないかな……」

「待ってくれ。それだと問題が残る。いくら樹木の質量でも竜の鱗を突破できるとは思えない」

竜を斬ったときに伝わってきた『硬さ』は今もフォニックの手に残っている。達人が一級品の刃を使って、ようやく通るレベルなのだ。

カーミラは口元に手を当てて考える。

「……うーん、そうね。なら、例えば――エンチャントとか？」

「エンチャント？」

「武器に魔力を込める系ね。『鋭刃』を使って樹木そのものを巨大な刃にした、とか――」

「そんなことが、できるのか……？」

「……いや、どうだろう……だけど、ただの樹木でしょ？　普通の剣に『鋭刃』をかけて鱗を斬るのは理解できるけど、樹木にそんなのかけても――」

そのときだった。

周りを調べていた部隊員の一人がフォニックに近づいてくる。

「フォニックさま、こんなものが転がっていましたが――」

そう言って部隊員が差し出したのは二本の木の枝だった。それぞれブロードソードくらいの長さがあるだろうか。その半ばまでが真っ赤に染まっていた。

「他の枝と様子が違うのが気になりまして……」

二本の枝――双剣。

赤い血――切り裂かれた竜の身体。

情報がつながり、フォニックが思わず息を呑《の》む。

「ありがとう、重要なものかもしれない。貸してくれないか？」

男から受け取った二本の枝をフォニックはしげしげと眺めた。そして、その枝を竜の傷跡をなぞるように振り下ろす――

終わった後、枝の形状を見た。

疑惑が確信へと変わった。

「……なあ、カーミラ。樹木をエンチャントで強化できるのなら、木の枝も強化できるか？」

「え、それはもちろんだけど――」

カーミラの声は動揺に揺れていた。

「樹木を対象にするよりも無茶よ。樹木なら質量があるから速度と角度次第でワンチャンスあるかもしれないけど、木の枝なんてエンチャントしても竜の防御力を突破できるはずがない！」

「……だけど、傷口と合うんだよ。これ以上の証拠はない」

フォニックの静かな指摘にカーミラが息を呑む。

フォニックは構わず続けた。

「エンチャントの達人ならどうだろう？」

「……エンチャントに全生涯を傾けた達人なら、そうね……でも、それほどの使い手はそういないし、帝都に来ているのなら『黒竜の牙』の情報網に引っかからないはずがない」

「だけど、いるんだよ。そうとしか、説明できない」

フォニックはきっぱりと言った。その何者かは『エンチャントした木の枝や倒木だけ』でジオドラゴンをあしらってみせたのだ。現状を説明できる仮説はそれしかない。

「カーミラ、君も覚えているだろう、『黒竜の牙』の試験会場に現れた強者《つわもの》――三七八番のことを」

「ええ」

「俺たちは彼を知らなかった。ならば、熟練したエンチャンターの存在を知らなくてもおかしくはない」

カーミラは口を開かない。沈黙のまま、表情でフォニックの言葉を受け入れていた。

帝都最大クラン『黒竜の牙』ですら捕捉できない謎めいた熟練者が二人もいる。その事実はフォニックの警戒心を一段と強くした。

（……何かが動き出そうとしているのかもしれない。気を引き締めないとな……）

◆

ジャイアント・リザードとの激闘を制してからしばらく——

やっぱり俺は薬草集めを続けていた。

「いやー、今回も高品質な薬草をたっぷりとありがとうございます！」

ギルドの買取嬢がにっこにこな笑顔で薬草を引き取ってくれる。

高品質な薬草は『黒竜の牙』の独占状態にあるため市中に出回りにくい。そこに俺が風穴を開けている状況なので業者からとても感謝されているそうだ。

「こちら、今回の買取料金となります」

「ありがとう」

「あ、そうだ！」

買取嬢がそこで話題を変えた。

「大森林のジオドラゴンが倒されたそうですよ！」

「ジオドラゴン？　え、ドラゴン!?」

「はい、ドラゴンです！」

俺は内心で驚いた。ドラゴンといえばモンスターの中でも最上位の強さを誇る種族だ。そんな物騒なものが大森林にいるだなんて……。

さすがに学生時代は主席だった俺も、ドラゴンが相手ではひとたまりもないだろう。

「誰が退治したんだ？」

「そこは情報が下りてきていないんですけど、噂《うわさ》では『黒竜の牙』のフォニックさまが討伐部隊の隊長を務められたと伺っております」

フォニック！

その名前を聞いて俺は懐かしさを覚えた。ニートである俺を立ち直らせてくれようとした——おまけに、うまくいかなかったときは心から謝罪までしてくれた男の中の男だ。

そうか、彼がジオドラゴンを倒してくれたのか。

やはり学生剣聖の俺とはひと味もふた味も違う——社会人とは強いものだな。

「ありがたい限りだな……いつか俺もそれくらい強くなりたいものだ」

「まずはジャイアント・リザードからですね！」

「おいおい、ジャイアント・リザードならさすがに倒したぞ？」

「え、すごいじゃないですか！」

「そうなの？」

「はい。駆け出し冒険者にとってジャイアント・リザードは脅威ですからね」

「そうなんだ」

なるほど……あの大きさだと駆け出し冒険者どころか中級冒険者ですら脅威のような気もするんだが、確かに俺が倒せるくらいだからな……。

「じゃあ、意外と俺にも冒険者の才能があるのかもな」

「ありますよ！　神の手ですし！」

「神の手は脇に置くとして——仮登録の卒業は早くしないとな」

「え？」

「え？」

「えええええええええええええええ!?」

買取嬢が大きな声を上げてのけぞった。

「イルヴィスさんって、まだ仮登録だったんですか？」

「そうだが？」

「てっきりもう本登録になっているものとばかり思っていましたよ」

「いや、まだだが……え、ひょっとして本登録できたりする？」

「薬草の納品で貢献されてますからね、充分だと思いますよ。あちらのカウンターで話をされてはどうでしょうか？」

……失敗したな、本登録ってこちらからアクションを起こさないとダメなのか……。

てっきりギルドから言ってくるものだと思っていて、いつも薬草を売ったらとんぼ返りしていた……。

そんなわけで、俺は買取カウンターから受付カウンターへと移動した。

「仮登録中の冒険者なんだが、そろそろ本登録できるか教えてもらえないか？」

「仮登録の冒険者カードをご提示ください」

俺がカードを引き渡すと、受付嬢はそれをカウンターに置いてある機材へと入れる。彼女がぽちぽちと機材のボタンを操作すると、ぴろりん♪　と軽い音がした。

「おめでとうございます。本登録できますね」

おお……！　つ、ついに……！

「登録料が五万ゴルドとなりますが、本登録いたしますか？」

……そうか……そういう話でしたね！

「ああ、頼む」

高品質な薬草を売りまくっていたおかげで、俺のふところは温かいのだ。

いくつかの手続きが終わった後、俺は本登録の冒険者カードを受け取った。仮登録のカードは番号と所属する冒険者ギルド名が書かれているだけの簡素なものだったが、これは違う。

俺の名前『イルヴィス』が確かに記されている。

俺専用のカードで、俺が冒険者として認められた証《あかし》だ。

大きな達成感と燃え上がるような高揚が俺の心に広がった。


その日の夜、俺は妹のアリサを誘って外食に出かけた。

「うまいものでも食べにいかないか？　俺のおごりで」

そう誘ったとき、アリサは開口一番にこう答えた。

「ああ、あれ。初任給でお世話になった人に食事をおごるってやつ！」

お見通しでしたか！

厳密には薬草を売って稼ぎ出したのは少し前なので初任給ではないのだが、正式な冒険者になってからにしようと考えていた。

「……まあ、その心配をかけたからな」

「うふ、お兄ちゃんは変人だけど、人の心があったんだね！」

「そう、ガンバリンはないけどオモイヤリンは少しあるんだ」

「少し」

うふふふ、とアリサが笑う。

「お兄ちゃん、心配をかけた慰謝料は基本的に倍返しだから覚悟しておいてね？」

そんなわけで、俺たちは少しお高いレストランに入った。

本当に倍返しを実践したいのか、アリサは容赦なく食べたいものを値段に糸目をつけずに頼んでいった。一度だけ、俺に確認してくれた。

「お金、大丈夫？」

「大丈夫だ」

高品質の薬草が高く売れたおかげで俺の財力には余裕があるのだ。

「すみませーん、『ブランドール産ふかひれステーキ、ラフレット蟹《がに》ソース』と『フォアグラと、たけのこのソテー』を追加でお願いします！」

俺の……財力には……余裕が……ある、のだ……。

食事がひと段落した頃、俺はアリサに新しい話題を振る。

「アリサ、とうとう俺は冒険者になっちゃったよ」

そう言って、手に入れたばかりの冒険者カードをテーブルに置いた。

「ほー、これが噂の！　どれどれ？」

アリサは興味津々な手付きでカードを手にとり、しげしげと眺めた。

「……お兄ちゃんって『戦士』なんだ？」

「あんまり戦士って意識はないんだけどな……ギルドの人に勧められてね」

「いいんじゃない？　学生時代は剣術も一位だったじゃない？　よ！　学生剣聖！」

「……それ、恥ずかしいからやめてくれ……」

学生剣聖くらいだとジャイアント・リザードを倒すのが精一杯なのだから。

「社会は厳しいからな。学生時代の栄光なんて忘れないとな」

「忘れなくてもいいんじゃないかな。お兄ちゃんって優秀だと思うよ？　ぶっちゃけ、社会人ってそんなにたいしたことないと思うけどなー」

やれやれ、アリサは俺よりも社会人経験が豊富なのに社会を過小評価しているな。……いや、社会の荒波で俺の心が折れないように先回りしてケアしてくれているのかもしれない。

アリサは気が利く子だったからな。

「そうそう、お兄ちゃんにね、贈り物があるんだよ」

そう言うと、アリサは持ってきていた小さなカバンをごそごそと漁《あさ》った。やがて、ごとりとテーブルに置いたのは一本の短剣だった。

「……これは？」

「おめでとう、お兄ちゃん。正式に冒険者になったお祝いだよ」

「おお！」

嬉《うれ》しかった。そんな心遣いをしてもらえるなんて思ってもいなかったから！

「お兄ちゃん、武器とか持っていなかったでしょ？　せめて護身用くらいあったほうがいいんじゃない？」

短剣とはいえ、それなりの値段はする。アリサの給料も決して高くはない。俺のためにコツコツとためた貯金を使ってくれたのだろう。

「大切に使わせてもらうよ」

俺は短剣を受け取ると、その鞘《さや》を丁寧な手つきでひと撫《な》でした。

武器は必要だ。ジャイアント・リザードとの戦いもこの短剣があれば楽ができただろうに——

そうか、この武器があれば俺はもっと高く遠くへと行けるのか。

そんな俺の様子をニマニマとした表情でアリサが見つめている。

「とうとうお兄ちゃんも社会人として働くんだねー」

「……そうだな。少し前までニートしていたのが嘘《うそ》のようだ」

一歩目の挫折でどうなるかと思っていたが、二歩目にしてどうにかここまで。

それはまだ始まったばかりで、誇れるものでもないのだけれど。ついに俺はなれたのだ。

冒険者——いや、社会人に。

社会のレベルの高さを考えれば身が引き締まる想《おも》いだ。

俺なんてまだまだジャイアント・リザードを倒すのが精一杯で、ジオドラゴンを倒す英雄たちの背中ははるか遠くに見えるだけ。

それでも、ようやく俺は仲間に入れたのだ。

社会という枠に入れてもらえた。

きっと俺は多くの挫折を知るだろう。先輩社会人の偉大さに心折れる夜もあるだろう。

だが、それでも歩き続ける。

今度は立ち止まらずに己と未来を信じて進み続ける。

アリサが満面の笑みを俺に向けてくれた。

「お兄ちゃん、無理はしなくてもいいけどさ、頑張ってね！　辛《つら》くなったら相談してよ！」

俺のことをこんなにも祝福してくれる人がいるのだから。

「うん、頑張るよ」

【第3章】元神童、珍しい薬草を探すことになる

ジオドラゴン討伐から一ヶ月――

その日、フォニックは『黒竜の牙』幹部として定例の報告会議に出席していた。と言っても、多忙な八星全員が揃《そろ》うはずもなく、集まったのはフォニックとカーミラ、ヴァルニールの三人とオルフレッドだけだ。

薬草採取で稼いでいるヴァルニールの報告は堂々としていた。

胸を張れる売上と様々な施策を朗々と語った後、自信たっぷりにこう締めくくった。

「今月も順調です。特に問題はございません」

ヴァルニールの言葉に、黙して聞いていたオルフレッドが質問を返す。

「……市中に我々のものではない高品質な薬草が出回っているという噂《うわさ》を聞いているが、その点についてはどうなのだ？」

「お耳が早いですな！」

ヴァルニールは口元を緩めて感嘆の声を上げる。

「ですが、何も問題はありません。すでに供給は止まっており我々の独占状態に戻っております。おそらくはたまたま何者かが良質な薬草の群生地を見つけ出したのでしょう――

そして、それも採り尽くしたのだと思われます」

「……そうか。だが、気は引き締めておけ。油断はするな」

そう言ってから、オルフレッドは話題を変えた。

「ところでグランヴェール草の準備は大丈夫か？」

「もちろんでございます」

グランヴェール草とは、とある難病を治す薬の原材料になる植物だ。とても生育が難しい貴重な植物で、現時点では『黒竜の牙』の専有地でしか採取できない。

「ひと株だけですが、生育は順調、お約束の日に間に合うのは保証いたします」

「保険はないのか。ふた株は無理だったのか？」

「……厳しいですな。管理の難しさは努力でどうにかなりますが、必要とする栄養の量が非常に多い薬草でして。ひと株を確実に育てるのが限界でございます」

「わかった。お前に任せよう。だが、失敗は許されぬこと、肝に銘じよ」

グランヴェール草の取引は重要だ。取引相手がとても有力な人物で、クランの今後の発展を考えると大きな意味を持つからだ。それゆえにオルフレッドの要求も厳しい。

それでも――

「もちろんでございます」

ヴァルニールは笑みすら浮かべて応じる。己の失敗など考えてすらいない様子だ。

次にオルフレッドの目がフォニックを見る。

「フォニックよ、お前に問いたいことがあるのだが」

「なんなりと」

オルフレッドはテーブルに置いてある紙を手にとった。フォニックがまとめた報告書だ。

たどり着いたときにはもうジオドラゴンは倒されていて、どうやら倒した人間が使っていた武器は——

「木の枝、だと？」

オルフレッドの口から漏れた声には不審の色が濃かった。

フォニックはうなずく。

「……はい。その可能性がもっとも高いと思われます」

「流星の剣士フォニックよ、お前の腕なら木の枝で硬い鱗《うろこ》に覆われたジオドラゴンを倒せるか？」

「もちろん無理です」

「そうであろうな。私でも無理だ」

剣聖の域にまで高めた剣技を持つオルフレッドがあっさりと言う。

「それでもなお、お前は木の枝と言うか？」

「カーミラの見立てではエンチャント——魔力付与した木の枝なら可能だと」

「エンチャントか――」

オルフレッドが天井を仰ぎ見て少し考える。

「だが、どれほどの使い手であれば木の枝で竜の鱗を断てるのだ？　カーミラよ」

「……おそらくは当代最高峰の実力者であれば」

カーミラの言葉に、オルフレッドは即答しない。

会議室にしばらくの沈黙が続く。やがて、オルフレッドがぽつりと言った。

「……欲しいな」

「欲しい、と言いますと？」

フォニックの言葉に、オルフレッドがにやりと笑う。

「それほどのエンチャンターが帝都にいるのだ。仲間に引き込まない手はない。『黒竜の牙』に招けば戦力のアップは間違いない」

このクランの発展こそが己のすべて――だから、当たり前のようにオルフレッドは続けた。

「望むならば八星の席をくれてやっても良い」

オルフレッドの言葉は部屋の空気に確かな圧を加えた。

新しい使い手を八星に加えるということ――それはつまり、今の八星のうちの誰かが外れるということ。八星には八つの席しかないのだから。それを本人たちの前であっさりと言うのがオルフレッドなのだ。

だが、彼らに不満はない。

八星でいるということは、それにふさわしい実力を示し続ける必要があるということなのだから。

それをフォニックたちは知っている。

「フォニックよ、エンチャンターについての情報を集めよ」

「承知いたしました」

ただ、オルフレッドが望む結果を出し続けるだけだ。

◆

あれから一ヶ月——

俺は家でごろごろとしていた。薬草採取のおかげで当座の生活費は充分だ。そんな状況でガンバリンの欠乏している俺に労働の選択肢はない。

そんなわけで俺がソファーに寝っ転がってお笑い小説を読んでいると——

「あのさ、お兄ちゃん、あの夜のわたしの感動を返してくれないかな?」

妹のアリサが俺の頬をつんつんと突《つっ》いてくる。

俺は小説を読みながら口を開いた。

「お兄ちゃんはね、むっちゃ働いたから今は休養中なんだよ」

「……あのね、社会人経験の浅いお兄ちゃんに教えてあげるけどね、普通の社会人は一週間で二日しか休まないんだよ。お兄ちゃんはどれくらい休んでるの？」

「……うーん……たくさん？」

俺はアリサの目を見ないように注意しつつ答えた。

アリサがおおげさなため息をつく。

「そろそろさあ、働こうよ？」

「いや、待ってくれ、アリサ！　俺が自由な冒険者の道を志したのは『少しだけ働いて、あとはぐーたらするため』だ！　ここで働き続けたら、その崇高《すうこう》な決意はどうなる？　本末転倒もいいところで――――！」

「はいはい、情けないことをカッコいい言葉で言わないの！」

妹が容赦なく俺の言葉を一蹴した。

「働きなよ、お兄ちゃん」

「いやー、休みたい！　お金があるうちは休みたい！　なくなったらまた働くからさ、しばらくはダラダラさせてくれよ！」

「情けないことを情けない言葉で言わないの！　救いがないよ！」

そんなわけで俺は家を追い出された。

プチ追放である。

まー、だけど今の俺には薬草採取という無限に生えてくる仕事があるので以前のような切迫感は特にないのだが。

帝都近くの大森林へと向かい、ちょいちょいと薬草を集めて冒険者ギルドへと持っていく。

いつもの買取嬢に見せると――

「おおおおおおおお！　相変わらず素晴らしいです！　なんですか、この意味不明な高品質さは！　お休みしていても神の手は健在ですね！」

そう興奮してくれた。

興奮冷めやらぬ様子で買取嬢が話しかけてくる。

「イルヴィスさん、お久しぶりです！　最近、ギルドに見えられなくて、どうしたのかなーと思っていました！」

サボってゴロゴロしていました！

とは言えないので、キリッとした雰囲気を漂わせつつ俺はこう答えた。

「自己研鑽《けんさん》だな」

まだ俺の本性を知らない買取嬢は目をキラキラさせた。

「さすがは神の手の持ち主──薬草相場を小指で動かす男ですね！」

何やら妙な称号が増えているんですけど!?

「……なんだ、その『薬草相場を小指で動かす男』ってのは。さすがに言いすぎだろ？」

「ははははは！　確かに言いすぎました。小指はさすがにね！」

そっちじゃねーよ。

「俺は相場を動かしたりしないぞ？」

「え？　動いてますよ？」

「えええええ……？　冗談だろ？　どうしてそんなことになっている？」

「前にも言いましたよね、高品質な薬草は『黒竜の牙』さんの独占状態にあるって」

「言っていたな」

「そんなわけで、それ以外のルートの高品質の薬草がこれだけ供給されれば、いろいろと変わりますすよ」

「これだけ供給ってね……。俺ひとりが集めた量なんてたかがしれているだろ？」

「いえいえ、あくまでも『高品質』ですからね。『黒竜の牙』さんに独占される前からそもそも量はそんなになかったんですよ」

「へえ」

「なので、これだけの量でも充分にインパクトはあるんですよ」

うんうんとうなずいて、買取嬢はこう続けた。

「正直、多くの治癒院が助かっています。『黒竜の牙』さんの売価は高すぎて、普通の善良な治癒院では買えないんですよね……。ありがとうございます、イルヴィスさん」

「はは、どういたしまして」

そんなことを言われると照れてしまうな。

……だけど、本当によかった。俺のしたことで喜んでくれる人がいる事実は単純に嬉《うれ》しい。

俺は家に帰ると、その話を妹のアリサに伝えた。

「薬草を採ってきたらさ、ギルドの担当に言われたよ。俺さ、薬草集めがうまいらしくて。すごく助かってるってさ」

「ええー、本当にぃ？」

アリサがうさんくさそうな目で俺を見てくる。

その表情が不意に和らいで優しい笑みを口元に浮かべた。

「ま、信じてあげる！　お兄ちゃん、人の役に立ててよかったね！」

「ありがとう。……まだあんまり実感はないけどな」

「お兄ちゃんは薬草集めをしているの？」

「そうだね。未熟な冒険者はそれをして稼ぐのがセオリーらしい」

「ふぅーん」

アリサが俺の顔を試すような目つきで眺める。

少し考えてから、意を決したようにこんなことを言った。

「あのさ、まあ、見つかれば――見つかればでいいんだけどさ……探して欲しい薬草があるんだけど」

「なんて薬草？」

俺の問いに、少し間を空けてからアリサが答えた。

「……グランヴェール草って名前なんだけど――知ってる？」

◆

大森林には、一般の冒険者たちを拒む『黒竜の牙』のメンバーだけが入れる占有地が存在する。

その占有地の奥に、採取部門を管理する八星ヴァルニールの拠点がある。

森を切り開いて建てられた大きな館で、ヴァルニールの配下はここを中心に大森林での採取活動をしている。基本的にクランメンバーには開放されている建物だが、どの場所でも誰でも立ち入れるわけではない。

ヴァルニールとその腹心だけしか入れないような場所は多い。

今、ヴァルニールがいる場所は、まさにそれだった。

建物の地下、さらにその最奥――

そこはクランマスターのオルフレッドにも知らせていない秘中の秘とも呼ばれる場所。

そこでヴァルニールは数多くの実験をしている。

自分の身長ほどもある大きな窓ガラスの前に立ち、ヴァルニールは階下の光景を見下ろしていた。

「さて、勝つのはどっちかな……」

ヴァルニールはぽつりとつぶやき、口元を楽しげにゆがめる。

そこは大きな空間で、一匹の人型モンスターが立っていた。両手に剣と盾を持っていて、粗末な皮の鎧《よろい》を身につけている。成人よりも少し背が低いが、より特徴的なのは犬の頭だろう。

コボルトだ。

ゴブリンと並ぶ低級なモンスターだが、明らかに様子がおかしい。もともと知性はさほど高くない種族なのだが、その表情はとても興奮していて、鼻や口から漏れる呼吸が異様に荒い。

コボルトの前方、壁に埋め込まれた鉄格子が開く。そこから、のっそりと巨大な姿をした生物が現れた。

オーガだ。

オーガとは怪力の持ち主で、身長二メートルを超える巨体の持ち主だ。

コボルトよりも、はるかに危険度が高いモンスターだ。

本来であれば、オーガを見た瞬間にコボルトは慌てふためくだろうが——

そのコボルトは臆《おく》さない。ふーふーと荒い呼吸を繰り返しながら、オーガへの戦意を高めている。

オーガもまたコボルトを見て威嚇の声を上げた。

「オオオオオオオオオオオオオオオオオオオオオオオ！」

オーガの声は自信に満ちあふれていた。コボルト如《ごと》きに負けるはずがない！　その声はそう主張していた。弱者と強者を決定的にわかつ種族の垣根《かきね》を知るものの声だった。

犬っころがこの俺に勝てるはずなどない！

「そのとおりだ、オーガよ。コボルトがお前に勝てるはずなどない……」

くくく、と笑った後、ヴァルニールはこう続けた。

「だが、私のコボルトが相手だと、どうだろうな？」

戦いが始まった。

オーガは雑な足取りでコボルトに近づくと隆々とした筋肉からパンチを繰り出した。

あっさりと勝負は決したかに思えたが、コボルトはそれを素早い動きでかわす。

とても低レベルのモンスターとは思えない俊敏な動きだ。

オーガは気にせずに次々とこぶしを繰り出した。

コボルトはかわし続けるが――ついにその一撃がコボルトをとらえた。

がん！　と激しい音がしたが、オーガのこぶしはコボルトの盾によって防がれていた。

そのときになって、初めてオーガの顔に複雑な表情が現れた。

ただのコボルトにオーガの一撃を止められるはずがない。その貧弱な肉体は受け止めた盾ごと後方にすっ飛ぶはずだ。だが、このコボルトはまるで足に根でも生えたかのように、見事な筋力でオーガの攻撃を受け止めた。

動揺した一瞬の隙――コボルトは見逃さなかった。

コボルトがオーガの脇を駆け抜ける。

それはコボルトらしからぬ俊敏な動きで、オーガは反応できなかった。ぱっと肉が裂けて、赤い血がこぼれ落ちる。

異常だった。

なぜなら、コボルトごときの力でオーガの鍛え抜いた筋肉を切り裂けるはずがないのだから。

それは始まりだった。

コボルトが本気でオーガに襲いかかる。無数の斬撃が次々とオーガの肉体を切り刻んでいった。

苦し紛れにオーガは腕を振り回すが、コボルトは素早い動きでそれをかわし攻撃を続ける。

最初は怒りに満ちていたオーガの声がだんだんと弱くなり――止まった。

ぐらりとオーガの巨体が揺れて――

大きな音を立てて地面に倒れ伏した。

倒れたオーガの横で、コボルトが大声で勝利の雄叫《おたけ》びを発している。

（……ふむ、なかなか上出来ではないか……）

その光景をヴァルニールは上機嫌な様子で眺めていた。

これもまたヴァルニールがおこなっている実験のひとつ。特殊な植物によって調合した薬を飲ませて能力を飛躍的に高めている。

その効果は絶大で、コボルトごとき劣等種がオーガを圧倒するほどだ。

だが、欠点もある。

飲むと理性を失い破壊衝動に囚《とら》われてしまうのだ。おまけに命まで使い果たすので、あのコボルトも今日か明日には死んでしまうだろう。

（副作用はともかく、この効果は驚異的だ。研究を進めればきっといい結果につながるだ

ろう）

うまくいけば『黒竜の牙』におけるヴァルニールの立場をより強固なものにするだろう。

その未来を想像して、ヴァルニールはうっとりとした気持ちで口元を緩めた。

そんなときだった。

「ヴァルニールさま、今よろしいでしょうか？」

腹心のライオスが近づいてくる。

「なんだ？」

「はい、薬草の相場に関して情報が入ったのですが、どうやら、またしても高品質な薬草が出回り出しているようで」

「なんだと……？」

それは不快な事実だった。ヴァルニールはすでに終わったことだと『黒竜の牙』クランマスターのオルフレッドに報告している。

だが、終わっていなかった。

このままだと大変なことになってしまう。

終わったと報告したことが終わっていないのだから。そんな雑な仕事を、厳格なオルフレッドが許すはずもない。

（何が起こっている……!?）

ヴァルニールは下唇を噛《か》んだ。

◆

アリサが俺にこんなことを言った。

「……グランヴェール草って名前なんだけど——知ってる？」

グランヴェール草、もちろん知っている。なぜなら俺は園芸委員だったからだ。確か珍しい病気を治す特効薬の原材料になると聞いたことがある。

「ま、まさか、アリサ、お前、病気なのか？」

「んなわけないでしょ！」

アリサは語気を荒らげて否定してくれた。

よかった……。お兄ちゃん、ちょっと『マジ焦り』しちゃったよ。

「わたしの友達。ミカのこと覚えてる？」

「小学生の頃、よく家に遊びに来ていたな」

アリサと同学年の女の子で、幼なじみというやつだ。昔は我が家に遊びに来ていたが、言われてみるとここ数年は見ていない。

てっきり、成長して疎遠になったのかと思っていたんだが——

「ミカがね、実はその病気にかかっちゃったんだ」

「え、そうなの!?」

それは、まあ……なんと言うか、とても可哀想《かわいそう》な話だな……。その病気は容赦なく患者の命を削り、最後は死んでしまうということを俺は知っている。

「治るのか?」

「治るよ。グランヴェール草さえあれば」

しかしそう言ってから、アリサは首を横に振った。

「だけど、それを探すのが難しいんだよね……」

アリサの言わんとしていることはわかる。グランヴェール草そのものがとても珍しいものので、手に入れること自体が難しく、そもそも売ってすらいない。運よく在庫があってもとんでもない金額になる。

「それでもさ――」

アリサはため息とともに話を続ける。

「ミカの両親は頑張ってお金を貯《た》めたんだよ。やっと助かる! もうすぐ薬が作れる! その直前でさ、薬草の入手がより難しくなって売価が一気に跳ね上がっちゃったの」

「どうしてそんなことに?」

「ほら、お兄ちゃんが受けたクラン『黒竜の牙』だよ。最近はあそこを通してでしか買えなくなっちゃって。すごい値段になってるんだよね」

また『黒竜の牙』か……。高品質の薬草でも独占状態で稼いでいるらしいので、わりとろくでもないとこだな。落ちといてよかった……。

「ご両親はなんとかしようと頑張ってるんだけど、当《とう》のミカ本人がもう諦めていて。そんな彼女を見るのは、わたしも辛《つら》いんだよね……」

「そんなことになっていたんだな」

子供時代の話だが、今でもミカの様子は思い出せる。元気な声も表情も。俺と仲良く遊んだ思い出も――そんな彼女が助からない病で死にかけている現実は単純に衝撃的だった。

アリサが口を開く。

「そんなわけでさ、自称薬草採取のプロであるお兄ちゃんにお願いしてみようかなーって。グランヴェール草を見つけてきてよ。そんな奇跡、起こせないかな？」

奇跡か……。

確かに奇跡なのだろう。そんな珍しい薬草を見つけ出すなんて。

それでも、俺は――

「かわいい妹の頼みだ。頑張ってみるよ」

そう言った。当たり障りのないごまかしではなくて、心の底から。

俺の言葉を聞いて、アリサは嬉《うれ》しそうにほほ笑んだけど、その表情は晴れやかではなかった。本当の本当に成功を信じている顔ではなくて、わずかな希望を願う弱々しい表情だった。

わずかな希望に手を伸ばそうとする、そんな辛そうな顔だった。

そんな感情は、いつも快活なアリサには似合わない。

妹を元気付けたかったので俺はこう続けた。

「大船に乗ったつもりでいろ。意外といけるかもしれないぜ？　冒険者ギルドだと、俺は神の手って呼ばれているからな」

「何それ」

アリサが笑う。彼女らしい楽しそうな笑い声だった。

「それはお世辞だよ」

「そうかもしれないな」

だけど、それでもいい。すがれる言葉があるだけで俺は頑張れる。その言葉が嘘《うそ》かまことかは知らないけれど、無限に広がる大森林を歩き疲れた俺の心を支えてくれるだろう。

頑張ろう。

俺にすがってくれた妹と、その友人のために。

この手で奇跡を手繰《たぐ》り寄せるだけだ。

◆

それから数日後――

ヴァルニールの執務室をライオスが再び訪ねてきた。

ライオスは禿頭《とくとう》でメガネをかけた三〇代半ばの男だ。ヴァルニールの配下として一〇年以上の付き合いがある。

「ヴァルニールさま、こちらが市中に出回っている高品質の薬草でございます」

「ほう」

薬草を見た瞬間、思わずヴァルニールは息を呑《の》んだ。みずみずしく、実に素晴らしい薬草だった。『黒竜の牙』が独占している高品質な薬草を上回る質の高さだ。

ライオスは持ってきた資料に目を通しながら報告を続ける。

「この薬草を解析した結果、異質な点が二つ発見されました。一点目が、この薬草には普通の薬草とは比較にならないほどの栄養素が満ちております。二点目が、その栄養素を外部に漏らさないための魔力によるコーティングが表面を覆っております」

大量の栄養を集めて、しかも漏らさない。

それならば理解できる仕組みだが――ヴァルニールは納得できなかった。

「……大量の栄養だと？」

ありえないとヴァルニールは思った。

なぜなら、大森林の土中の栄養素は『黒竜の牙』の占有地に集まっているからだ――ヴァルニールがそうしているから。

占有地の外は栄養が欠乏しているはずなのに。

「なぜ、そんなことが？」

「成分を調査したところ、微細な魔力の痕跡を確認しました。何かしらの魔術によって採取前に土壌の栄養を注入しているのではないかと思われます」

つまり、二点とも魔術による効果だ。

だがそれはヴァルニールの常識に馴染《なじ》まない。

そのような魔術が――薬草の品質を爆発的に高める魔術が存在するのなら、それは革命にも等しい事実だ。世界のありようが変わってしまう。

本当に存在するのなら。

だが、採取を極め尽くしたヴァルニールですら、そんな魔術など知らないし使えない。

「ライオスよ、お前は知っているのか、そんな魔術を？」

「いえ、もちろん存じ上げません」

己の理解を超えた異質な力に――ヴァルニールはぞっとしたものを感じた。

それからしばらく、ヴァルニールは館の最奥に身を隠して薬草にかけられた魔術の解析に全力を投じた。組織としての仕事はすべて誰かに任せるか後に回した。謎の魔術を『知らない』状況にはできなかったのだ。

ひたすら調べて調べて調べて——

ヴァルニールの才能は答えに至った。

確かにその魔術は存在する！

だが、ヴァルニールですら使うことができない難度だ！

信じられない気持ちに支配され、ヴァルニールは呆然《ぼうぜん》とした様子でイスに身を預けた。

ヴァルニールは植物に関する魔術のエキスパートであり、その方面に限れば帝都でもトップに位置する実力だと思っている。

その自分が、構築できないほどの魔術とは！

己の才能の限界を突きつけられたようで、ヴァルニールは衝撃を受けていた。

ヴァルニールはライオスを呼びつけると、己の至った結論を聞かせた。

ライオスもまた信じられない様子でヴァルニールを見た。

「そ、そんな……。ヴァルニールさまでも手の届かぬ魔術でございますか」

「凄《すさ》まじい使い手だ。同じ道を歩む者として純粋にその力には興味がある。だが——」

だが、ヴァルニールには立場がある。

帝都最大クラン『黒竜の牙』の重鎮『八星』としての立場が。

「私にも守らなければならないもの――示さなければならない意地がある」

手放しで『素晴らしい！』と喜んでいられないのだ。

八星として、部門の長として結果を出さなければならない。クランマスターであるオルフレッドが納得する圧倒的な結果を。

『黒竜の牙』こそが帝都の最高である事実を。

ヴァルニールはライオスに目を向けた。

「ライオス、お前に頼みたいことがある」

◆

いつもどおり大森林で薬草の採取を終えた俺は冒険者ギルドへと向かった。

「いやー、今日も大漁ですね、大漁♪」

そんなことを言いつつ、俺が渡した薬草を鼻歌まじりで値付けしている買取嬢に俺は尋ねた。

「グランヴェール草って知ってる？」

「ええ、知ってますけど――え、えええええええええええええええええ!?」

いきなり買取嬢が叫び出した。

「まままままま、まさか、あのグランヴェール草までゲットしちゃったんですか!? その神の手は!?」

「違う違う。単に探しているだけなんだよ」

そう俺が言った瞬間、買取嬢が、はあ、とため息をついた。

「あー、驚いたー。そうですよね、さすがにイルヴィスさんの神の手でもグランヴェール草には届かないですよね」

うんうんと買取嬢がうなずく。

「グランヴェール草はですね、基本的に見つからないんですよ。ここ数年はめっきりですし、それ以前ですら、年に二、三度くらいの発見ですから」

「そうか」

やっぱり難しいものなんだな。

「でもですね、イルヴィスさんの神の手なら、いつか見つけ出すことができるんじゃないかと！」

その信頼感はどこからくるんだろうか……。

「ありがとう。頑張ってみるよ」

ともかくやるしかないか。

そこで買取嬢が話題を変えた。

「そうそう、実はですね、イルヴィスさんに『指名』の仕事が入っているんですよ」

「俺に指名?」

指名とは、そのままズバリ『この冒険者でお願い』と指名する依頼のことだ。

報酬が高くなるメリットもあるが、単純に『力を認められた』証《あかし》でもあるので冒険者として誇らしい気持ちになれる。

……俺もそんなレベルの冒険者に——

いや、待て。

「薬草採取しかしていないのに?　どうして俺の名前を知ってるんだ?」

「え?　だってイルヴィスさん、そこそこ有名ですからね。名前そのものはまだ知る人ぞ知るレベルですけど、『神の手を持つ男』とか『小指で薬草相場を動かす男』みたいな感じで」

……その異名、みんな知ってるんだ……。

きっと俺をからかっているんだろう。新米冒険者である俺を。ただの園芸委員でしかなかった俺がそんな名人であるはずもないのに。

これは先輩たちからの『おちょくり』だろう——怖いものだ。これが社会か。

買取嬢が話を戻した。

「で、依頼の話なんですけど。大森林の植生を調査したいそうで、土地に詳しそうな冒険者をアサインして欲しいと。そこで話題の『神の手』を指名されたんですね」

そう言って、買取嬢は取り出した一枚の紙を俺に差し出した。

「こちらが依頼の詳細です」

俺は紙を眺めた。依頼内容がコンパクトにまとめられている。主な仕事は道案内と道中に出てきたモンスターを倒すこと、か。依頼者の欄を眺めると――

「薬草商人のグランツさん、か」

そこで俺は買取嬢に尋ねた。

「この人は？」

「……よくわからない人なんですよね。初めて取引される方で。通常、そういう人からの指名はお断りするんですけど、有力な方からの紹介状を提示されたので特例で許可しました」

うーん、と呟《つぶや》いてから買取嬢が続ける。

「イルヴィスさんが嫌なら断ることもできますが。どうします？」

少し考えてから、俺はこう答えた。

「……受けてみようか」

協調性ゼロの俺としてはあまり気が乗らないのが本音だが、わざわざ指名してくれたのだ。そのチャンスは活《い》かしておこう。冒険者としての経験を深めるチャンスだ。

それから数日後――

依頼を出してきた依頼人と俺は町はずれで合流した。

「薬草商人のグランツだ。依頼を受けてくれてありがとう、今日はよろしく頼むよ」

グランツは禿頭でメガネをかけた三〇代半ばの男だ。

彼の背後には護衛だろうか。戦士風の男が二人立っている。

グランツが差し出した手を握り返しながら、俺はにこやかに――社会人は第一印象が大事だと聞かされたので、昨晩ずっと鏡の前で練習した笑みを浮かべてこう言った。

「こちらこそ、よろしくお願いいたします」


俺はグランツたちと合流した後、大森林の奥へと向かった。

その途中、グランツが俺に話しかけてきた。

「神の手の噂《うわさ》は聞いているよ」

「いや、それほどのものでもないですよ」

「謙遜《けんそん》する必要はない。それだけ高品質な薬草を集めているんだ、普通じゃないのはわかっている。一体どんな特別なことをしているんだ?」

「えーと……」

俺は言葉を探した。特に出し惜しむつもりはないのだが、本当に答えが見つからない。

俺は別に特別なことなんて何もしていないのだが……。

「何か特別な魔術を使っているとか？」

グランツが試すような口ぶりで言う。

特別な魔術——そう水を向けられても、何も思いつかなかった。採取の前に地面の栄養素を集めたり、それが漏れないように表面をコーティングする魔術なんて普通のことだからなあ……。

「いや、本当に特別なことなんて何もしてないんですけどね」

俺は真心を込めて返答したつもりだが、グランツは満足していないのだろう、俺の顔をじっと見てから鼻を鳴らした。

「それが君の答えか。まあ、そう簡単には部外者に教えられないか」

……いや、そういうわけでもないのだが。

グランツは少し機嫌が悪くなってしまったようだ。うーむ……やってしまったか。人間関係の構築もまた社会人の必須スキルのひとつ。相手はクライアントなのだからなおさらだ。俺としてはうまく関係を作りたかったのだが、初手でミスってしまうとは。

難しいなあ……社会人。

そんな微妙な空気の中、俺たちは大森林の奥を目指して進んでいく。

モンスターは出てこなかった。俺がこっそりとモンスター払いの魔術を展開しておいたからだ。モンスター退治も仕事なのだから、事前の段階で仕事を減らす作戦だ。

そんなわけで俺たちの歩みはすこぶる順調だった。

道中、グランツがちょこちょこと立ち止まりつつ、そこら辺に生えている薬草を調査していく。

そんな感じで最初の一日は終わった。

「さて全行程のまだ半分だ。今日はこの辺で休むとしよう。イルヴィス、野営の準備をしてくれないか?」

「わかりました」

雑務も俺の仕事である。アイテムボックスから出した全員分のテントを俺は設置していった。

「よし、夕食は私がスープを作ろう。材料になる野草を採ってくる」

そう言うと、グランツは森の奥へと姿を消した。残った部下らしき二人の戦士風の男たちは喋《しゃべ》りながらサボっている。俺は気にせず設営を進めた。特に腹立たしいことはない。彼らは雇い主の部下なので、俺よりは上位にいるのだから。

俺の設営が終わる頃、グランツが戻ってきた。その手には採取してきた野草を持っている。

「さて、料理を作るぞ!」

グランツが火をおこし、手際よく料理を作り始める。

やがて、料理が完成した。

甘やかなスープの香りが暗くなった——魔術による明かりに照らされた森に漂っている。

「中年の手料理で恐縮だが」

グランツが持ってきていた食器にスープを注いでいく。

俺はその食器を受け取った。

「イルヴィス、初日から頑張ってくれてありがとう。遠慮せずに食べてくれ」

「ありがとうございます。おいしそうですね！」

俺は食器に口をつけた。温かい液体が喉の奥を通り、胃へと流れていく。正直かなり腹が減っていたのでありがたい。我慢ができなくなった俺は一気にスープを飲み干した。

「ふぅ……！」

満足の味わいだった。

そんな俺の様子をグランツは口元に笑みを浮かべて眺めている。

「どうだろう、イルヴィス。味は？」

「本当においしいですね！」

お世辞ではない。グランツの料理は格別だった。

「グランツさんも早く食べられては？　冷めちゃいますよ？」

「……え、いや……私は、その」

グランツはぶつぶつ言いながら、はっきりしない表情のまま両手で食器を弄《もてあそ》んでいる。

……？　どうしたんだろう、自分で作ったものなのに食べたくないのだろうか？

「イルヴィス、その……何か気になることはあったりするか？」

気になること？

まったく質問の意図がわからない。自分の作った料理に自信がないのだろうか。

「いえ、何も気になることはありません。素晴らしいお味でした。グランツさんも食べてみてください」

「あ、ああ……」

グランツは冴《さ》えない――どころか、顔が蒼白《そうはく》だ。護衛の二人も心配げな様子でグランツを眺めている。

しばらくの沈黙の後、思いついたようにグランツが言った。

「そうだ！　もう一杯どうかね!?」

「ああ！　いただけるのでしたら！」

まだまだ腹は空《す》いている。お代わりしていいのだろうか――社会人的に。微妙に悩んでいたのでグランツからの申し出はありがたかった。

俺は笑顔で食器をグランツに差し出す。

グランツはややぎこちない動きでスープを食器に注ぎ、俺に差し出してくれた。

「さあ、遠慮せずにいってくれ！　イルヴィス！」

「はい！　ありがとうございます！　『毒を食らわば皿まで！』の勢いで食べます！」

俺がそう言うと、なぜかグランツの身体《からだ》がびくりと震えた。

……どうしたんだろう？　ま、気にしないでおくか。

俺はぐぐぐっとスープを飲み干した。

「ぷはぁ、うまい！」

そんな俺をグランツが見つめていた。その目ははっきりと泳いでいる。

「え、その、本当に……味のほうは大丈夫、かね？」

何をそんなに心配しているのだろうか。そんなに味が不安なのか？

自信をつけてもらわなくちゃな。

「本当に問題のない素晴らしい味です。グランツさんも早く食べてください。そうすればわかりますよ」

「あ、ああ……」

グランツは煮えきれない表情のまま、食器に入っているスープをじっと見つめていた。

その両肩が微《かす》かに震えている。

……少しでも不安を取り除いてもらわないと。俺は満面の笑みを浮かべてこう言った。

「さあ、ぐいっと。一気にやってくださいよ！」

◆

「ライオス、お前に頼みたいことがある」

その後にヴァルニールが続けた言葉はこうだった。

「高品質な薬草を集める男、そいつを見つけ出し——殺せ」

それが、ライオスがヴァルニールから受けた指令だった。

ライオスに動揺はなかった。もとからライオスはこういった汚れ仕事をすることで名をあげてきた男だ。己の存在価値がどこにあるのかをライオスは理解している。

ライオスはグランツと偽名を使い、冒険者ギルドに接触した。

男は簡単に見つかった。

現れたのは——

「イルヴィスです。よろしくお願いします」

二〇くらいの若造だった。ライオスは拍子抜けした。達人のヴァルニールですら届かない領域に立つ男が、こんな飄々《ひょうひょう》とした若者だと？

（……何かの間違いだったか……）

ライオスはそう結論づけた。

イルヴィスが『黒竜の牙』の試験会場に現れた『三七八番』だと気づく余地もなかった。なぜなら、あの試験会場での出来事はオルフレッドの命令で口外を禁じられていたからだ。その場にいなかったライオスやヴァルニールは『三七八番』の存在すら知らない。

それでも、ライオスの『暗殺』任務は何も変わらない。殺せと言われたのだから殺す。それだけだ。

ライオスが選んだのは毒殺だった。

毒草をベースにスープを作り、それを飲ませて殺す。冒険者ギルドにはイルヴィスが自分で作ったスープを飲んで勝手に死んだと報告するだけだ。

「よし、夕食は私がスープを作ろう。材料になる野草を採ってくる」

採ってきた毒草を使い、ライオスはスープを作る。

「ありがとうございます。おいしそうですね！」

イルヴィスは毒のスープなどと思わず、笑みを浮かべて食器に口をつける。

そんな様子をライオスは冷たい感情のままに眺めた。

（……悪いな、小僧。どうやら上の勘違いのようだが、お前は悪目立ちしすぎた。社会ってのはな、怖いところなんだぜ？）

間もなくイルヴィスは口から血を吐いて倒れるだろう――

ライオスはそう思っていたが、そうはならなかった。

「本当においしいですね！」

そんな風に絶賛してきた。

……え？

思わず漏れそうになる驚きの声をライオスは慌てて飲み込んだ。毒の量が足りなかったのだろうか、毒の効きが悪いのだろうか。

「グランツさんも早く食べられては？　冷めちゃいますよ？」

「……え、いや……私は、その」

勧められても困る。毒と知っているのに飲めるはずがない！

というより、どうしてこの男は死なない!?

対策としてライオスはおかわりをイルヴィスに渡してみたが――

「ぷはぁ、うまい！」

けろっとした様子で飲む。

意味がわからない！

確かに毒入りスープを飲んでいるのに!?

だが、状況は想像よりも悪化していた。

「本当に問題のない素晴らしい味です。グランツさんも早く食べてください。そうすればわかりますよ」

——！

飲めるはずがない。猛毒のスープなのだ。だが、飲まなければ疑われる。

「さあ、ぐいっと。一気にやってくださいよ！」

にこやかにそう言った後、イルヴィスは首を傾《かし》げた。

「どうしたんですか？　冷めちゃいますよ？」

目の前のイルヴィスがにこにことした顔でスープをうながす。

飲まずにすませることなど、できるはずがない！

（……どう言うことだ！　あいつは毒入りスープを飲んでいるのに、なぜ死なない!?）

わからない。まったくライオスにはわからない。

わかっていることは、決断までの時間はさほど残っていないということだ。

部下二人が心配げな視線でライオスを見ている。

（くそおおおおお！　馬鹿野郎！　お前ら！　私に心配そうな眼差《まなざ》しを送るんじゃあない！　毒だと勘づかれたらぶちのめすぞ！　このトンチキが！）

イライラを内心で吐き出した後、再びライオスは現実に向き合った。

己の手にある食器——そこにある琥珀色《こはくいろ》に輝くスープを。

（く、く、く、くおおおおおおお！）

手が震えた。

一瞬、ここで部下たちとともにイルヴィスを襲おうかと思ったが、すぐに思い直した。配置が悪く、二人の部下たちも準備ができていない。一撃で仕留められなければ逃げられる可能性がある。

ここはこれを飲んで、次のチャンスを待つしかない。

大丈夫――何かしらの理由で毒が消えただけだ。だから、あいつは飲んでも大丈夫なんだ。そうだ、そうに違いない。

(飲む！　飲んでやる！　飲んで何事もないことを示してやる！)

ライオスは覚悟を決めて食器を口に近づける。

その口が食器のふちにつこうとしたとき――

「あ、そうそう。言い忘れていましたけど、間違えて採取していた野草、あれって毒のあるガレオン草でしたよね？　なのでガレオン草の毒を中和する魔術を鍋にかけておきました」

――！

にこにことした笑顔でイルヴィスが言う。

荷物整理をしたかったので、ライオスは一瞬だけ火の確認をイルヴィスに任せた瞬間があった。おそらく、そのときのことだろう。

「すみません、報告しようとして忘れていました」

「……あ、いや、大丈夫だ。次からは気をつけてくれ」

「はい！」

威勢よく返事をした後、一転、ふに落ちない様子でイルヴィスが尋ねる。

「ところで──どうして毒草のガレオン草を？」

その言葉はライオスの心臓を締め付けた。

そのとおり、普通は毒のある食べ物を食事には含ませない──何かしらの意図がなければ。

「あ、いや、その……」

必死にライオスが言い訳を探していると──

「わかっていますよ」

イルヴィスの目がじっとライオスを見つめていた。その目は静謐《せいひつ》で、まるですべてを見通しているかのように澄んでいた。

（……バレている……！）

ライオスは背中に冷たいものを感じた。

「わかっている、とは……？」

「本当は毒のあるガレオン草ではなくガネッチ草を採取したかったんですよね？」

わかっていなかった。

そんなライオスのことを気にせず、イルヴィスが話を続ける。

「ガネッチ草は食用にも使われる植物です。ただ、問題があって、毒を持つガレオン草と似ているんですよね。冒険者がちょくちょく中毒になる事故が起こっています。うっかり見間違えたんですよね？」

「そうそう、それ！　それだよ！」

ライオスは全力で乗っかることにした。ごまかせるならそれでいい。

「いやはや、植物を扱うものとして恥ずかしい限りだ。イルヴィス、君のおかげで助かったよ」

「やっぱりそうでしたか。そうですよね！　だって、グランツさんが――俺とは初対面のグランツさんが、俺に毒を盛るなんてないですよね！」

「も、もちろんじゃないか……」

「よかった！　間違いは誰にでもあります！　気にしないでください！」

にこやかに応じるとイルヴィスはうなずき、食事に戻った。

ライオスは内心で安堵《あんど》の息を漏らしながら、イルヴィスの評価を改めた。

確かにガネッチ草とガレオン草は似ている。だが、この男は遠目でちらっと見ただけでそれに気づいたのだ。その鑑識眼の鋭さは驚嘆《きょうたん》に値する。そんなこと、ライオスにもできない。

（……薬草相場を小指で動かす男という評は伊達《だて》ではないか……甘く見るのはよそう。今度は確実に仕留めなければ！）

ライオスは警戒のレベルを一段上へと跳ね上げた。


森を闇が包んでいる。

獣よけとして絶やさない、たき火の炎だけが赤く輝いていた。ぱちぱちと弾《はじ》ける炎をライオスは無言で眺めていた。

モンスターのうろつく危険な森だ。誰かが見張りをするのは当然だ。

だが――今晩に限っては別の理由がある。

ライオスの視線の先には眠りにつくイルヴィスが見えている。

「眠っている今ならばどうしようもあるまい……」

小声でぼそりとライオスはつぶやく。その口元には笑みが浮かんでいた。

きん、と小さい音がした。

ライオスが腰の短剣を引き抜いたのだ。

仕事は簡単だ。眠っているイルヴィスに近づき、この短剣を胸に突き立てるだけ。さっきは並外れた洞察力にしてやられたが、今度は『単純な死の押し付け』――防げるはずがない。

ライオスは足音を忍ばせて近づく。

イルヴィスは静かに寝息を立てて瞳を閉じている。その様子を見下ろしつつ、ライオスは短剣を握る手に力を込める。

その刃を振りかざした。月の光を浴びて銀色の短剣が鈍く輝く。

（……終わりだ！）

一気に短剣を振り下ろした瞬間、視界の端で風景が変わるのをライオスは確かに見た。

イルヴィスの目が、かっと見開いたのだ。

（――え!?）

そう思った瞬間、ライオスの視界が大きく揺れた。天地が逆になったと思った瞬間、ライオスの背中は地面に叩《たた》きつけられていた。

「かはっ!?」

大量の空気が肺からこぼれ、手からすっぽ抜けた短剣が地面に転がる。

視線の先には上半身を起こしたイルヴィスが座っている。

何が起こったのかライオスはようやく理解した。

いきなりイルヴィスが起き上がり、ライオスの身体《からだ》を放り投げたのだ。

「……ん、ん？」

だが、当《とう》のイルヴィスははっきりとしない。寝ぼけた様子でふわっとしていたが、やがて状況に追いついたようで、その目は己がぶん投げたライオスに向けられていた。

イルヴィスの表情が驚愕《きょうがく》に変わる。

「あ、あ、あああああああああああああああああ！」

イルヴィスが夜の森に響き渡るような大声を上げた。

「す、すみません！　グランツさん、いきなりぶん投げてしまって！」

「あ、いや……そ、そうだな、びっくりしたな……」

そう答えつつ、ライオスは心を落ち着かせて考えを整理する。イルヴィスの反応からすると、ライオスの行動に気づいていないようだが……？

慎重な確認が必要だ。

「イルヴィスよ、き、急に起き上がって、ど、どうしたんだ？」

「……えーとですね、その殺気を感じたんですよ」

「殺気」

「それで自動防衛しちゃったんだと思います。どんなに眠くても反撃しちゃうんですよね」

なんだそれは！

とんでもない化け物だとライオスは内心で怯《ひる》む。

「あの、それでグランツさん……どうして殺気を俺に――？」

「う……！」

ライオスは答えあぐねた。

そう、普通は寝ている人間に殺気を向けたりしない。それを向けるということは――

「いや、わかってますよ、グランツさん」

にやりと笑ってイルヴィスが続ける。

「あれでしょ、あっちにモンスターの影とか物音があってそれに気がついたんでしょ？」

「……そ、そうだ。そこに何かがいた気がしたんだけど――今の騒ぎで逃げられたようだ」

「うーん、すみません」

イルヴィスは頭を下げた。

「どうやら、その殺気に反応しちゃったようですね。雇い主を投げ飛ばしてしまうなんて本当にすみません」

「い、いや、構わない。私も不用意なことをしたのだからね」

どうやら毒スープのときと同じくうまく勘違いしてくれている。助かった、とライオスはほっとした。

イルヴィスが口を開く。

「お詫《わ》びに、俺が見張りを代わりますよ」

「……そうか、なら任せよう。まあ、別に気にしないでくれ」

目を覚ましていた護衛の二人にも寝るように指示し、ライオスは自分の寝場所に戻って瞳を閉じる。

そして、そっと反省会をした。

（……あいつ、むちゃくちゃ強いじゃないか！）

どうやら薬草の知識だけではなく格闘の技術も相当凄《すご》いらしい。認めなければならないだろう、あの男は『黒竜の牙』のメンバーである自分の力を遥《はる》かに凌駕《りようが》している。

（やはり、ドーピング・コボルトをけしかけるしかないか……）

もともとヴァルニールたちが使っている秘密の実験場に連れていく予定だった。

グランヴェール草を育てている場所であり――ドーピング・コボルトを実験している場所でもある。

強力なオーガすら手玉にとる規格外の力――期待のルーキーといえども、ひとたまりもないだろう。

絶対の勝利を確信しつつ、ライオスは上機嫌に瞳を閉じた。

◆

翌日、俺たちは再び大森林の奥を目指してまた歩き出した。

最終目的地にたどり着いたのは、ちょうど夕方になろうとしている頃だ。

それは岩壁に穿《うが》たれた洞窟だ。

この洞窟の奥には特殊なコケが生えているらしく、グランツはその調査のために来たらしい。

俺たちは洞窟の奥へと向かった。

しばらく進むと大きな空間に出た。そこから何本か道が伸びている。

「さて、ここでお別れだ」

グランツがそんなことを言った。

「私はあちらの道を進んで、奥にあるコケを調べようと思う。君たちはあちらの道に行って、奥に生えている薬草を採取してきてくれ。ここで合流しよう」

そう言うと、グランツは洞窟の奥へと消えていった。

「おら、行くぞ、お前！」

護衛の二人とともに、俺はダンジョンの奥へと進む。

しばらくすると、通路の奥にまた大きな空間が見えた。

「おい、下っ端！　モンスターがいないかチェックしてこい！」

「いるぞ」

「え？」

俺の言葉に二人が眉をしかめる。

わからないのか？　こんなに明確な気配なのに。感じないのだろうか。

……いや、違うな。きっと俺を試そうとしているのだ。社会人とは本当に怖いものだ。

俺はできる限り頑張らないと。

「その広間の奥に気配を感じる。それに――」

さっき通りすぎた道の途中にある脇道からも、いくつか気配があった。それも報告しようと思ったが、そうする前に男が大きな声で俺の言葉をさえぎった。

「うっせー！　行けったら行けよ！」

「……え、いや、モンスターがいるのは確定的に明らかだが？」

「お前の思い違いかもしれないだろう!?　目で見て確認！　サボろうとするな！」

……仕方がない。それなら奥に向かうとするか。

俺は二人に先行して広間へと入った。なかなか大きな空間で、遠くは暗がりに沈んでいて先が見えない。だが、その濃厚な闇の向こう側にいくつか気配があるのは間違いない。

その直後――

ぴーっ！　と甲高い笛の音が洞窟に響き渡った。

背後を振り返ると、護衛の二人組が小さな笛を手に持っていた。

「なんだ、今のは？」

「こいつで、お目覚めになるらしいんだよ」

などと意味不明な答えが返ってきた。そんな男の声に呼応するかのように、今まで静かだった奥から獣のうなり声が聞こえる。やがて、濃厚な闇に無数の黄色い双眸《そうぼう》が輝いた。

ひた、ひたと近づく裸足《はだし》の足音が聞こえる。

闇から何かが現れる。

犬の頭を持つモンスター――

「コボルト……？」

「そうだ。お前を殺すためのな！」

「俺を……？」

「ああ！　この薬草調査の依頼はぜーんぶ嘘《うそ》さ！　あのグランツって男はお前に死んでもらいたいらしい。ここでコボルトたちと連携して、お前を殺せってさ！」

男の声は楽しくて楽しくてたまらない感じだった。

まったく意味がわからない。グランツという男に見覚えはなく、殺されるほど恨まれる覚えもないのだが。

「どうして、そんなことを？」

「さあな、俺だって知らないね。わりのいい仕事かどうかしか俺たちには興味が――――！」

男のセリフを、突然の絶叫がさえぎった。

もう一人の護衛の声だった。隣に立つ男の胸から剣が飛び出ている。

ずっと剣が引き抜かれると、すでに死んでいる男の身体は人形のように倒れて動かなくなった。その背後には――やはり何匹かのコボルトが立っている。

俺たちが来た方角からか……さっき脇道で感じた気配だな……。

生き残った男が興奮した声を発する。

「嘘だ！　笛を吹いてりゃ大丈夫だって聞いたのに……！」

男が慌てた様子でピーピーと笛を吹くが、意味などなかった。コボルトたちが襲いかかる。

「くそ！　なめんじゃねえ！　ただの犬が！」

男は引き抜いた剣を振るうが、それはあっさりとコボルトに弾《はじ》かれる。

「なんだ、この動き、この強さ!?　ふ、普通じゃねえ!?」

そんな悲鳴のような声が絶叫に変わる。

「あぎゃあああああああああ！」

その男もまた、コボルトの一撃であっさりと殺された。

二人の男たちの死体をまたいで、ずんずんとコボルトたちが部屋に侵入してくる。

前方にコボルトたち、後方にもコボルトたち。

どうやら、男の言うとおり、少し普通ではないらしい。

コボルトたちは、ううううう！　とうなり、口元は唾液に濡《ぬ》れている。モンスターの生態にはそれほど詳しくないが、漂わせている雰囲気からは正気のかけらも感じない。

見逃してくれる感じはない。こいつらを倒さない限り、俺も二人組と同じ末路をたどるようだ。

……強いのか……？

ひょっとして、ただのコボルトではない？

危機感が俺の背中を蛇のように這《は》いずり回る。

「ゴアアアアアアアアアアアアア！」

絶叫とともに、コボルトの一体が襲いかかってきた。

俺は腰の短剣を引き抜く――アリサが俺に贈ってくれた短剣を。

俺は攻撃をかわすと同時、コボルトの喉元を短剣でかっ切った。盛り上がった筋肉はあっさりと裂けて、血を撒《ま》き散らしながらコボルトはあっという間に息たえた。

……ふむ。

「たいして強くない――いや、弱いか。普通のコボルトと変わらないな」

ただのコボルトなら、学生剣聖の俺でもなんとかなるか。

空間の空気は、あっという間に血の匂いで染まった。

俺がコボルトたちを全員やっつけたからだ。ごろごろと死体が転がっている。

……かわいそうな気もするが、むっちゃ俺を殺す気で来てたからな……モンスターだし、自衛のためだ。

「ふぅー……なんとかなったか……」

俺は大きく息をついた。

ただのコボルトが相手でよかった。

とりあえず難関は突破したが——

さて、どうしたものやら。

護衛の二人はコボルトに殺されてしまったので、事情を訊《き》くことができない。

少し考えてから、俺は次の行動を決めた。

グランツの後を追いかけよう。

もう逃げられている可能性もあるが——何もしないよりはいいだろう。

方針を決めた俺はグランツと別れた最初の広間へと戻った。グランツが進んだ道を歩いていく。

先へ先へと歩いていると——

また小さな広間に出た。

どうやら天井の岩盤に穴が開いていて、そこから漏れた一条の月光が地面に差している。

そこにはひと房の草が生えていた。

その草を見た瞬間、俺の背中が粟立《あわだ》つ。

——あれは、グランヴェール草!?

妹のアリサが俺に採ってきてくれと頼んだ貴重な薬草だ。

見間違いかと思った。ギルドの買取嬢が言っていたじゃないか。とても珍しいものだと。

だが、見間違いのはずがない。アリサからの頼みである以上、絶対に見落とさないように何度も何度も図鑑で確認したからだ。

俺は近づいてつぶさに草の様子を眺める。

……何度見ても間違いない。これはグランヴェール草だ。

どうする?

もちろん、採取する。

妹から頼まれているものだし——この草があれば妹の友人の命が救えるのだから。

そこで別の言葉を思い出す。

ギルドで聞いた——今は『黒竜の牙』の占有地でないと採れないと。

とすると、ひょっとしてこれは『黒竜の牙』のものか? 俺はそれを盗もうとしていることになる？

だが、その点は大丈夫だ。

洞窟に入る前、俺はグランツに確認していたのだ。ここは『黒竜の牙』の占有地ではないのかと。俺の頭の中にある地図だと、そうなってしまうからだ。勝手に占有地に入ると面倒なことになる。

だが、グランツははっきりと否定した。違うと。

である以上、ここは『黒竜の牙』の占有地ではない。

ならば、これは勝手に生えている雑草と同じで、誰のものでもない。ここで俺が見つけたものを、俺が採取しても別に問題はないはずだ。

俺はグランヴェール草を採取した。

よし。

洞窟の奥へと進むと——そのまま外に出てしまった。どうやら、洞窟には入ってきた場所以外でも外につながっているらしい。

ここからグランツは逃げ出したのだろう。

むちゃくちゃな状況だ。

依頼はキャンセルされたも同然、帝都に戻って冒険者ギルドに報告するとしよう。

……やれやれ、なぜグランツが俺を殺そうとしたのか結局わからずじまいか。すべては謎に包まれたまま、得るものはなかった。
いや、得るものはあった。
グランヴェール草だ。
死にそうな友人のために、妹のアリサが俺に願った。
――グランヴェール草を見つけてきてよ。そんな奇跡、起こせないかな？
その願いは正しく通じて――
奇跡は、起こった。
俺のこの手が、確かにつかみ取ったのだ。
これを渡せばきっとアリサは喜んでくれるだろう。
温かい感情が俺の胸に広がっていく。俺はやったのだ。妹の願いを叶《かな》えたのだ。
「待っていてくれよ、アリサ！」
俺は帝都に向かって歩き出した。早く家に帰り着きたい。
アリサの喜ぶ顔が楽しみだ！

◆

（……くくく、イルヴィスという男、もう死んでいるかな？）

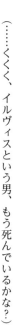

ライオスはイルヴィスたちと別れた後、洞窟を歩きながら上機嫌な様子でそんなことを考えていた。

できれば、護衛の二人も死んでくれれば後腐れがなくていいのだがな、とライオスは考える。あの二人もまた使い捨て――身分を隠して雇ったならず者だ。生きていようが死んでいようがどうでもいい。

歩いていると、月明かりが差し込む空間に出た。

月光を浴びて緑の薬草が輝いている。

グランヴェール草だ。

ここはヴァルニールの実験場のひとつ。なので、ドーピング・コボルトもいるし、生育されているグランヴェール草もある。

世にも珍しいその薬草は、月光を受けて静かにたたずんでいた。

「うまく育っているな」

ライオスは口元を緩める。

高品質な薬草を納品し続けている邪魔者は消した。再び薬草相場は『黒竜の牙』の独占状態に戻るだろう。そして、オルフレッドも注目しているグランヴェール草の取引を成功させれば、上司であるヴァルニールの立場はさらに強くなるだろう。それは部下であるライオスの栄達にもつながる。

「ははは……！」

すべてがうまくいっている。笑いが止まらない！

ライオスはそのまま奥へと歩いていき、洞窟の外へと出た。

その足で、大森林にある『黒竜の牙』のアジトへと戻る。

「ライオス、ただいま戻りました」

ヴァルニールはこんな深夜にも関わらず執務室で仕事をしていた。ライオスの仕事の正否が気になって待っていた——などとライオスは思わない。単純にヴァルニールの担当する仕事が多いのだ。

そんな疲れなど見せず、ヴァルニールがライオスを見る。

「ご苦労だったな。それで首尾は？」

「完璧でございます、ヴァルニールさま。すでにあの小僧は冷たい骸《むくろ》となっていることでしょう！」

己の成功を喧伝《けんでん》しようと、ライオスは力強く言い切った。

「予定どおり、コボルトたちがいる場所に誘い込みましたからな！　今頃はオーガですら倒すコボルトの群れに襲われてひとたまりもないでしょう！」

「今頃は……？　ないでしょう……？」

ヴァルニールは冷たい視線をライオスに向けて、こう続けた。

「仮定と憶測《おくそく》の言葉が多いが、お前は自分の目で見届けてはいないのか？」

「は、え――!?」

ライオスは慌てて言葉を探す。

「た、確かに確認はしておりませんが！　それはその、あのコボルトの群れに近づけば、私も殺されてしまいます。さすがにそれは……！」

「コボルトをおとなしくさせるための笛の音を知っているはずだが？　終わった後、それを吹いてから近づけばターゲットの死体を確認できたであろう？」

「そ、それは、そうですが……」

「職務怠慢、だな」

容赦のない言葉がライオスにのしかかる。

上司からそう言われては、ライオスも言い返しようがない。俺なりに頑張ったんだよ、という言葉を押し殺して、こう答える。

「は、はい、そうですね……それでは、今から見て参ります」

「私もついていこう。グランヴェール草の様子も見たいしな」

そして、ライオスとヴァルニールは連れ立ってアジトを出た。

洞窟にたどり着く頃にはもう夜から朝へと変わっていた。

洞窟へと入り、まず最初にコボルトたちが大量にいる広間へと歩いていく。ぴーっとライオスが一定のリズムで笛を吹いた。これでコボルトたちは活動停止する。

広間に近づくと――濃厚な血の匂いが伝わってきた。

イルヴィスと護衛二人の死体だろうとライオスはほくそ笑む。

ほら、どうですか？　ちゃんと死んでますよね、よかったです！

死体を見つけたら、ヴァルニールにそう言おうとライオスは思っていた。だが、広場でライオスが見た光景は想像とはまったく違うものだった。

護衛二人の死体は想定どおりだが――

ドーピング・コボルトの死体がゴロゴロと転がっている。見かけはただのコボルトだが、一匹一匹はオーガをも上回る力を持つ化け物たち――

それが、全滅している……!?

おまけに、あの若造イルヴィスらしき死体がどこにも見つからない。

「ざっと見た感じ、お前から聞いていた話と死体の数が合わないような気がするな？」

「は、いや、その……！」

ライオスは言葉を探す。行き着いた結論は――

「あの、た、例えば！　コボルトどもは正気を失っているので、あの小僧の死体を食べてしまったのかもしれません。そして、コボルトたちは闘争本能の赴くままにお互いを殺し合って、全滅してしまったのかも……」

　ふふふとヴァルニールが笑った。

「それを、私に信じろと？」

「い、いえ、そそそ、そんなことはなくて！　ただの、その、可能性のひとつと言いますか！」

　ヴァルニールは首を振った。

「そんな都合のいい結論を考えても意味などない。この数のドーピング・コボルトを相手にしてターゲットは生き残った、そう考えるべきだ」

「は、はい、そうです！　そのとおりでございます！」

「帝都に戻っているのなら、また冒険者ギルドに確認すれば生死はわかるだろう。ここで考えても仕方がない。明日――いや、もう今日か。急いで調べよ」

「は、はい！」

　平身低頭でライオスは従う。

　とんでもないことが起こった、運がないと内心でため息をついたライオスだったが、さらにそれを上回る衝撃が彼を襲った。

　血なまぐさい空間を後にして、二人はグランヴェール草を生育している場所へと向かった。

　たどり着くなり、ヴァルニールがぽつりと言う。

「……グランヴェール草が、ない？」

ヴァルニールの声はひび割れていた。

言葉のとおり、その空間には何もなかった。ライオスが確かに見た薬草がきれいさっぱりと消えている。

数時間前まで、確かにあったのに――

ライオスは心臓が引き抜かれたかのような気分を味わった。寒気で足元が震える。

起こってはならないことが起こっていた。

厳格で名高い『黒竜の牙』リーダー、オルフレッドが言っていたではないか。

――失敗は許されぬこと、肝に銘じよ。

この事実をオルフレッドが知ったら――

隣からヴァルニールのうめき声が聞こえてきた。

「う、う、あ、ああ――」

ヴァルニールが頭を抱えてのけぞる。

「うおおおおおおおおおおおおおおおおおおおおおおおお！」

それは付き合いの長いライオスですら聞いたことがない、絶望と怒りの咆哮《ほうこう》だった。

「おおお、おおおおおおおおおおおおおお……！」

ひとしきり叫んだ後、ヴァルニールは沈黙した。

ヴァルニールはじっと薬草のあった場所を見たまま視線を動かさない。ちらりともライオスのほうを見ようとしなかった。

その無言の圧迫が――

ライオスには恐ろしい。

何が起こったのか。推測はとても簡単だ。イルヴィスがライオスの用意した罠《わな》をくぐり抜け、ライオスの後を追ってここにやって来て、グランヴェール草を見つけて外へと出ていった。

つまり、これは――

イルヴィスを仕留め損なったライオスの失敗！

ヴァルニールから無言の責めを受けているようで、ライオスは喉に痛みを覚える。

何かを、言わなければ！

「あ、あの！　ヴァルニールさま、あのイルヴィスという男が薬草を持ち帰ったのは明白です！　このライオス、帝都中を探し回り、必ずや奪い返してみせます！」

しばらくの沈黙の後、ヴァルニールは薄く笑ってこう答えた。

「……あの若造はコボルトの腹の中にいると報告していなかったか？」

「あ、いえ、その、それは――！」

ライオスは慌てて付け加えた。

「も、もも申し訳ございません！　私の手落ちでございます！　必ずや見つけ出して——！」

だが、ヴァルニールの返答はライオスの予想を裏切った。

「意味がないことをしなくていい」

「……は？」

「どこかに名札をつけているわけでもない。そこらへんで生えていたものを拾ったと言われればそれまでだ」

「それはそうですが——」

「それに、グランヴェール草を取り戻したところで意味などない」

「……どういうことでございますか……？」

「取引までの日数だ。グランヴェール草は採取してしまうとあまり保存がきかない。先方は薬ではなく標本として欲している。そういう意味では品質が劣化していても問題ないのだが、どうも標本にする前に実験をしたいそうでな。新鮮なものでないとダメなのだ」

ライオスは喉が詰まるような気分を味わった。

取り返しても意味がないのなら、どうやって失態を挽回《ばんかい》すればいいのか——

しばらく考えてからヴァルニールはこう言葉を続けた。

「気にやむ必要はない、ライオス。そんなことは起こっていないのだ」

「は？」

「グランヴェール草は奪われてなどいない。そういうことだ」

ライオスは恐怖を覚えた。

いつもは明晰《めいせき》な頭脳の持ち主である上司がおかしなことを言っている。絶対に失敗してはならない取引の直前に起こってしまった『ありえないミス』——

とうとう気でも触れてしまったのだろうか。

ヴァルニールがぽつりと言った。

「……私の頭がおかしくなったと思っているか、ライオス？」

「は!?　いえ、そんな、まさか！　めっそうもございません！」

「私はおかしくなってなどいない。グランヴェール草は奪われていない、よって、オルフレッドさまにも報告する必要はない」

隠す、ということだ。

だが、ライオスには理解できない。

「し、しかし、ヴァルニールさま！　隠したところで、取引の日が来たらバレてしまいます。隠し通せるものではありません！」

「隠し通せるさ」

そこでようやくヴァルニールがライオスを見た。その目にはいつもどおりの知性が輝き、口元に笑みが浮かんでいる。

「それまでに新しいグランヴェール草を用意すればいい」

「え、いや……」

ライオスにはヴァルニールの言葉が理解できなかった。グランヴェール草は生育に時間がかかる。ここで育てていたものも、一年かけて準備していたものだ。

希少性を考えれば、残された日数で他のルートから入手するのも難しい。

それを次の取引までに用意する？

「そんなこと、できるはずが——！」

そこまで喋《しゃべ》ってライオスはようやく気がついた。己の主が何をしようとしているのか。

できることはできる。確かにできるが……。

ライオスの表情を見て、ヴァルニールが鼻で笑った。

「気がついたか、ライオス。そう、我々にはまだ策が残っている」

ヴァルニールは洞窟の外に向かって一歩を踏み出した。

「さて、忙しくなるぞ、ライオス。失敗は露見しなければ失敗ではない。見事に挽回してオルフレッドさまの評価を勝ち取ろうではないか」

「は、はい！」

確かにまだ手は残っている。とんでもない副作用を覚悟しないといけないが。

だが、そんなことに思い悩む余裕などライオスにはない。とにかく間に合わせることだ。できなければヴァルニールの不興《ふきょう》を買い、続いてオルフレッドの不興を買うだろう。

それはライオスにとっての破滅だ。

意地でもやり遂げるしかない――ライオスはそう覚悟を決めた。

◆

帝都に帰り着くと、俺は妹のアリサにグランヴェール草を見せた。

「見つけたよ、グランヴェール草」

「え、嘘《うそ》……」

目を丸くする妹にグランヴェール草を押し付ける。

「任務達成。ほら、あんまり日持ちしない薬草なんだから、友達のところに持っていってやりなよ」

「うん……うん！」

アリサはうなずくと、グランヴェール草を持って大急ぎで家を出ていった。

で、それから一ヶ月――

俺は家でだらだらと過ごした。

いやー、頑張ったと思うんだよね？　激レアなグランヴェール草を見つけ出したし、なんかコボルトの大群にも襲われたし。

うっすらと存在した俺のガンバリンは完全に消滅した。

そんなわけで俺はゴロゴロしているのだが、いつもより妹の視線が優しい気がする。だいたいは台所に出たGを見るような冷たい視線なのだが、ここ最近は確かな慈愛が瞳の奥にあった。

「肩揉《も》んであげるね？」

などと言って、たまに肩まで揉んでくれるほどに。

そんな感じで過ごしていると、神妙な顔をしたアリサが俺に話しかけてきた。

「ねえ、お兄ちゃん。リール治癒院に行かない？」

アリサの幼なじみであるミカが入院している場所らしい。どうやら薬を飲んだおかげで症状が劇的に改善したらしく、両親からお見舞いに来て欲しいと言われたのだ。

「俺も？」

「俺も！」

俺もなの？　うーん……この俺が！　この俺が！　できる男、神童イルヴィスが！　薬草を持ってきました！　みたいな感じで恩着せがましくないかな？

「俺は別にいいんじゃないの？」

と思っていたのだが——

アリサが俺の手をとった。

「知って欲しいの、お兄ちゃんに。お兄ちゃんによって助けられた人のことを。お兄ちゃんが成し遂げたことの大きさを。お兄ちゃんがどれほどの人の心を救ったのかを——わたしがどれほど喜んでいるのかを」

その目はどこまでも真摯《しんし》だった。

ただ見つめるだけで、俺に多くのことを語っていた。

笑ってごまかすなんて——

できやしない。

「……わかったよ。柄《がら》じゃないけど、行くか」

そんなわけで、俺とアリサはリール治癒院へと向かった。

病室にたどり着くと、茶色い髪の女の子——ミカがベッドで身を起こしていた。かたわらに彼女の両親が立っている。

俺は彼女を知っている。

アリサの幼馴染《おさななじ》みで、昔はよく家に遊びに来ていた女の子だ。

ずいぶんと久しぶりで手も足も伸びているが、その顔には子供の頃の面影があった。

——ねえねえ、アリサのお兄ちゃん！　一緒に遊ぼ！

にこにことした笑顔で俺に話しかけてきてくれた少女の姿が俺の脳裏によみがえる。

その頃に比べると、痩せていて表情はか弱いが——

少なくとも死を感じさせない顔色だった。

「来てくれたんだね、アリサ……」

「うん」

アリサは少し鼻をぐすぐすとさせてミカに近づいた。

「見違えた。本当に、顔色がよくなった。前に来たときは——」

「死にそうだった？」

言い淀《よど》んだアリサの言葉をミカがくすくす笑いながら引き継ぐ。

……どうやら、本当に調子がよくなったようだ。死に瀕《ひん》している人間は、自分からそんな冗談を飛ばしたりはしないだろう。

ミカがアリサの顔を見た。

「ありがとう、アリサ。わたしの命を助けてくれて」

「ううん、わたしは別に……薬草を探してきてくれたのは、そこの兄だから」

一同の視線が俺に向く。

「お久しぶりですね、イルヴィスさん」

ミカは目を細めてそう言うと、俺に向かって深々と頭を下げた。

どうやら俺のことを覚えてくれていたらしい。

「ありがとうございます。イルヴィスさんのおかげで助かりました」

「それはよかった」

そう答えると、今度はミカの隣にいた両親が俺に話しかけてきた。

「本当にありがとう！　娘を助けてくれて！」

「ありがとうございます、あんなに高価な薬を……本当に……！」

「はは、助かってよかったです」

実に照れくさく、むずがゆい。だけど悪くはない。この人たちは俺に向かって、心からの感謝をしてくれているのだから。

俺のしたことが、誰かを確かに幸せにしたのだから。

アリサが口を開く。

「いいんですよ、いつも家でグータラしている兄ですから！　たまには役に立ってもらわないと！」

「うぉい!?　アリサ!?」

それから少しばかり会話をした後、俺たちは病室を出た。

つかつかと廊下を歩いていると——

「お兄ちゃん、ごめんなさい！」

「え？」

「実はね、少し前にミカのご両親から報酬を払うって言われたんだけど」

「ほう」

「カッコつけて、断っちゃった！」

「ほう」

「困ったときはお互い様ですよ、なんて勢いで言っちゃって！」

「……そうか、まあ、いいんじゃないか？」

知り合いだし、ちょっとくらい気前のいいところを見せてもいいだろう。

そんなに高いものでも――

「え、本当にいいの？　グランヴェール草の値段って一束一〇〇〇万ゴルドくらいだよ」

………………。

は？

……い、一〇〇〇万？

はあ!?

はあ!?　そそそそ、そんなに!?

「そんなにするの!?」

「うん」

「そんだけあったら、どれだけニートできると思ってるんだ!?」

「そこは働こうよ、お兄ちゃん」

「マジかあ……」

ちらっと出てきた病室を振り返ってしまう。一〇〇万くらい、くれないかな……。

そんな俺の左腕をアリサがつかんだ。

「あのさ、できれば——助けてあげて欲しいんだ。ミカの家は別にお金持ちじゃなくて——すごく苦労してお金を貯《た》めて。まだミカも全快じゃないから、まだまだお金はいると思うの」

お金はまだまだいる、か……。

まだまだいる——つまり、これまでも必要だった。

俺は彼らの人生を考える。

ミカとその両親は突然の不幸に飲み込まれて闇の中を歩いていた。

病気にかかりました。もうすぐ死にます。助かる見込みはありません。いえ、ありますけど、とてもとてもお高い薬が必要です。

——平凡な人生に落ちてきた、突然の大きな不幸。

それでも彼らは諦めなかった。

助かる道があるのなら、歩くと決めた。それだけを信じてお金を貯め続けた。

人生でひとつだけ買えるとしたら何を望む？

あの両親は願った。

娘の命を買わせてください。

だから彼らは他のものすべてを諦めた。娘のためにと必死に毎日毎日少しずつ貯めていった。大変だっただろう。娘さんは入院しているのだから。その費用を払いつつ、薬代を貯めたのだから。

それでもくじけない。

ああ、もう少し。

もう少しで、娘の命に手が届く。

だけど——運命は残酷で。

突然グランヴェール草の価格が高騰し、ゴールはあっという間に遠のいた。

どれだけの絶望だっただろう。

どれだけの悲しみだっただろう。

それでも諦めなかった彼らに——幸運の女神はほほ笑んだ。友人であるアリサの兄、この俺がグランヴェール草を手に入れて。

終わった。

終わったけど、まだ終わっていない。

生きている人間には、まだまだ先があるのだから。

ミカは本調子じゃない。いろいろと無理をしていた人生を立て直す必要もある。人より
も苦労した道を歩んできた彼らにお金が足りないのは事実だろう。

その苦難を思えば――

「……ま、そうだな。いいか、今回は」

「お兄ちゃん!?　ほんと!?」

「ああ、金はまた稼ぐさ」

「ありがとう！　お礼はわたしが何か考えるから！」

「本当か？　どんなの？」

「肩たたき券五〇枚とか？」

「お前の肩たたき、プレミアついてんなー」

そんなことを言いつつ、俺たちは治癒院の建物を出た。

外へ続く道をアリサと並んで歩く。

黙っていたアリサがぽつりと言った。

「本当にありがとね、お兄ちゃん」

その声はいつもと違う、俺をからかう響きのないものだった。

「心の底から感謝しているからね。もうミカの元気な姿も、笑顔も見られないと思っていた」

「……やけに神妙だな」

「よかったんじゃないか」

「お兄ちゃんがグランヴェール草を持ち帰ってきてくれた日のことを、わたしは忘れない。今日のことを、わたしは忘れない。お兄ちゃんも今日のことは忘れないでね。お兄ちゃんの頑張りが、わたしたちを救ってくれたんだから」

そう言うと、アリサは口をつぐみ、ぐずぐずと鼻を鳴らしている。

俺も何も言わず、今日のことを思い返していた。

ただ、思うことは——

本当によかった。

俺の行動が他の誰かを確かに救ったのだから。

俺は誰かの役に立っているのだろう。

働くってことも——社会人だってのも、そう悪くはないな。

俺の胸に春の日差しのような心地よさが広がった。

【第4章】元神童、無自覚なままに帝都最大クランをねじ伏せる

その日、帝都では『黒竜の牙』本部で幹部会議が行われていた。

出席者はオルフレッド、八星からはフォニック、カーミラ。そして——ヴァルニールの腹心ライオスだ。

ライオスが一礼する。

「申し訳ございません、ヴァルニールさまは業務多忙のため、部下の私が出席させていただいております」

会議が始まった。

ライオスが所属する部門の報告をする。

なかなか堂々とした話しぶりだったが、やはりヴァルニールに比べると、まだまだ拙《つたな》さと曖昧さのある報告であった。

黙して聞いていたオルフレッドは最後に一言、こう問うた。

「グランヴェール草のほうはどうだ？」

「はい、それこそまさに今、ヴァルニールさまが取りかかっているものでございます！現在、急ピッチで作業されており、予定の期日には間に合う想定です！」

ライオスの口ぶりには自慢げな響きがあった。何も問題などなく、すべては完璧だ――それは評価を勝ち取ろうとするものの口調だった。

だが、オルフレッドの声はどこまでも冷めていた。

「現在……、急ピッチで……、作業を……、している……？」

そして、こう続ける。

「間に合う……、想定……？」

オルフレッドの目が針のような視線を飛ばした。

「何を言っているのかよくわからないな。『順調ではない』という意味に聞こえるが、どういうことかな？」

「あ、いえ、その……、わ、私の言い間違いでございました。言い方が悪くて！　何の問題もなく――トラブルもなく進んでおります！」

「ほう、そうか。であるのなら、お前の主人であるヴァルニールはなぜ来ていない？」

「そ、それは――」

「よい」

話しても無駄だとばかりに、オルフレッドはライオスの言葉を遮《さえぎ》った。

「間に合わせよ。それだけだ。それだけをヴァルニールに伝えよ。前にも伝えたように、失敗は許されない」

「は……！　わ、わかり、わかりました！　かかか、必ずや――！」

一瞬の沈黙。

その後、オルフレッドの目がフォニックを見た。

「さて、流星の剣士よ。お前の報告を聞こうか？」

「承知いたしました」

フォニックは己が担当する案件について説明する。その最中、懸念している状況をオルフレッドに報告した。

「実は大森林に出没するモンスターの数が急増しております。直近二ヶ月だと、それ以前に比べて二倍を超えております」

どうやら急激に、大森林に立ち込める瘴気《しょうき》の量が増しているらしい。

なぜそんなことが起こっているのか、フォニックには理解できない。由々《ゆゆ》しき事態――と思うからこそ、次のオルフレッドの言葉を聞いて、フォニックは耳を疑った。

「そうか、素晴らしいことだな」

「……どういうことでしょうか？」

「モンスターが増えれば討伐依頼が増える。冒険者の仕事が増える。我らのクランの仕事が増える。フォニックよ、これはチャンスだ。冒険者ギルドに声をかけて優先的に仕事を回してもらえ」

獲物が増えて喜ばない狩人《かりゅうど》はいない。

確かに一理ある言葉だ。仕事は増えている。だが――

フォニックは首を振った。

「いえ、それはできません。すでに討伐依頼の受注は限界まで受けております」

フォニックが管理するチームは増大する依頼を必死に処理し、かなり疲弊《ひへい》している。

だが、オルフレッドはフォニックの返答に満足しなかった。

「それは平時における限度だ。特需である。今は最大限の努力を示すべきだ」

「い、いや、ですが……」

フォニックの脳裏に、疲れ果てた部下たちの顔がよぎる。とてもではないが、彼らに
『さらなる健闘を期待する！』とは言えない。

「この二ヶ月間、彼らはよく頑張りました。これ以上の無理は――」

「意味がわからないな、フォニックよ。無理？　『黒竜の牙』にそのような弱音を吐く人材はいないと思っているのだがな？」

その言葉は、フォニックの心臓を刺し貫いた。

「『黒竜の牙』は帝都最大にして一流のクラン。よって、全メンバーは一流でなければならない。次々と流れてくる仕事に怯《ひる》み、動揺するような弱者はいらない。そんな人間がお前の部下にはいるというのか、フォニックよ？」

「そ、それは――」

「受注量を一・五倍にせよ。お前たちが苦しいのなら、他の弱小クランはもっと苦しい。先に足を止めたほうが負けだ。やつらから徹底的に仕事を奪い取れ。ここで息の根を止めておけば今後につながる」

フォニックはこぶしを握りしめた。

自分は何かを言い返すべきだろう。

自分を信じて頑張ってくれている部下たちの姿が目に浮かぶ。疲れを感じていても、フォニックの指示とあれば笑顔を向けて「任せてください！」と応じる部下たちの姿が。

だが、言い返せなかった。

オルフレッドは帝都最大クラン『黒竜の牙』の神だ。その決定は絶対で、逆らうことなど許されない。

「わかり、ました……。全力をもって……ご期待に添います」

フォニックは喉の奥から絞り出すような声で言った。

自由のために冒険者になったというのに――組織に振り回され続けている。いったい、自分はどこに行こうとしているのだろうか……。

「そう、それでいい」

満足げな様子でオルフレッドはうなずき、背もたれに身体《からだ》を預けた。

◆

「え、え、え、ええええええええええええええええええええ!?」

俺が採取してきた薬草を見るなり、いつもの買取嬢が悲鳴を上げた。

「ここ、これ、どうしたんですか!?」

薬草を指でぴしぴしと指しながら買取嬢が続ける。

「イルヴィスさんにしては――神の手にしては、その、言いにくいんですけど！　言いにくいんですけど！　品質が、あの、その――」

「あまりよくないか……」

やはり、というか。

薬草の採取時、土中の栄養素を集める魔術を使ったら、いつもよりも、かかりが悪かったのは感じていた。どうやら土中の栄養素そのものが不足しているのだろう。

「『神の手』神話も終わりだな」

「いやいや！　そんなことはなくて、まだまだ神の手ですよ！」

続くのかよ。

「だって、イルヴィスさんの薬草はまだ中の上くらいはキープしてますけど、他の冒険者さんたちが持ってくる薬草の品質は下の上レベルですからね……大森林全体で薬草の品質が下がっているようです」

「ほー。何か理由があるのか？」

「うーん、どうなんでしょうね。でも異常事態なのは間違いないです。大森林に立ち込める瘴気の量がすごく増えていますからね！」

栄養素の欠乏、瘴気の増量か——

何やら面倒な状況になってきているな。

「おかしなことになっていますから、イルヴィスさんもお気をつけください！」

「そうだな、ありがとう」

俺は冒険者ギルドを出た。

家に帰るなり、俺は妹に告げた。

「大森林が面倒なことになっているから、しばらく休むことにするよ」

「大丈夫、お兄ちゃんならいけるよ！」

にっこりとした笑顔でアリサが応じる。

そこには俺の休暇を許さない断固とした意思が存在した。ある意味で仕方がない。隙あらばサボろうとする俺の自業自得でもある。

そう言えば、就活マニュアル『内定無双』にこんなことが書いてあった。

『学生気分は捨てよ。社会人とは頑張るものである。雨が降っても槍《やり》が降っても仕事に行き、特需であれば組織のために不眠不休で働く。上司の命令は絶対。面接担当は、その覚悟があるものにのみ内定の栄光を与える』

一ミリも同意できないな……。

社会人ってレベル高すぎだろ……。どんだけガンバリンあるんだよ。俺だと雨が降るどころか、雨が降りそうな時点で心が折れて休むね。なんなら晴れていても休むくらいの心構えだ。

そんなわけで鬼上司アリサの決済が得られなかったため、俺は再び大森林へと向かった。

大森林で地道に薬草を採取していると――

「だ、誰か！　助けてくれー！」

そんな悲鳴が聞こえてきた。

捨てておくわけにもいかない。俺は声のほうへと走った。

悲鳴を聞いて駆けつけると、一人の男が木に背中を預けて腰を落としていた。身体のあちこちから、だらだらと血を流し、荒い息を吐いている。

男の周りを五匹の大きな狼《おおかみ》たちが取り囲んでいた。

男は革の鎧《よろい》に身を包み、ブロードソードを手に持っている。察するに戦士――冒険者だろう。

だが、もう力尽きる寸前なのは明白だ。腰は地面に落ち、剣を持つ手はだらりと地面に垂れている。手に持った剣を動かす様子もない。

助けたとしても死ぬだろう。

それでも――

「おい、何をやっている！」

俺は大声で叫び、短剣の柄《つか》に手をかけた。

死の間際のあの男に――ほんの少しの安息を与えることくらいの努力はするべきだ。

俺の声に反応し、狼たちが振り返る。

「どうせ言葉は通じないだろうが――消えるんだな」

案の定、言葉は通じなかった。

狼たちはぐるぐると唸《うな》りながら、殺意のこもった目で俺を睨《にら》みつけてくる。新しく現れた敵をどう料理してやろう、そんな様子で俺を取り囲もうとしてくる。

待ってやるつもりはないがな。

「マジックアロー」

俺の一撃で狼が消し飛んだ。

慌てた狼たちの動きに乱れが生まれる。

「マジックアロー、マジックアロー」

続けて二発、さっきのも含めて計三匹の狼が消し飛ぶ。

残った二匹が俺めがけて飛びかかってくるが――

「遅い」

俺は狼たちの牙をかわし、交差した瞬間に短剣で斬りつけた。二匹の狼は血を撒《ま》き散らしながら地面に落ちて動かなくなる。

終わったか……。

まあ、たかだか狼だ。この程度なら学生剣聖でも余裕だな。

俺は男に近づいた。

「安心しろ、狼たちは倒したぞ」

「……え……五匹のヘルハウンドを……？　ひ、一人で？　ありえない……」

ヘルハウンド？　かなり強いモンスターじゃないか……いやいや、そんなはずがない。

さすがにそんな化け物だと俺が勝てるはずがない。きっと、この男は負傷で動転しすぎて勘違いしているのだろう。

……死にかけている男に、そんな訂正をしても意味はないか。

「悪いが、俺の見たところ、あなたは助からない」

「……それは俺にもわかっているさ……うっ！」

男が口から血を吐く。

「……それでも、ありがとう。あんたが助けてくれたおかげで、死ぬ前に少し落ち着けるし――頼みごともできる」

「頼みごと？」

「申し訳ないが……こいつを……届けて欲しいんだ……」

そう言って、男は赤く染まったこぶしほどの大きさの水晶を取り出し、地面に置いた。

「こいつを……大森林にある『黒竜の牙』アジトにいるヴァルニールさまに……届けて欲しい」

「……ヴァルニール？　誰だ、それは？」

「大丈夫……だ、アジトのやつに聞けばすぐ教えてくれる……」

男の視線が地面にある赤い水晶へと落ちた。

「俺は『黒竜の牙』の一員で……ヴァルニールさまに頼まれて……この水晶をそこの泉に浸《ひた》しにきたんだが……帰りにヘルハウンドに襲われて……今、これが必要らしいんだ……」

「なるほど」

俺のような、見ず知らずの男に頼むようなことではない気もするのだが、この男にも時間がない。俺にすがるしかないのだろう。

であるのならば――

「確かに頼まれた」

俺は水晶を手にとった。

「ありがとう……。報酬は、ヴァルニールさまが払ってくれる……『黒竜の牙』だ、その辺は間違いないから、安心してくれ……」

そう言うと、男はまるで最後の命を燃やし尽くしたかのように力を失った。

やれやれ……。組織人とは本当に大変だな。最後の死ぬ瞬間にまで組織や仕事のことを気にするなんて。

だけど、それを――

俺は笑いはしない。

理解はできないけれど、自分ならそんな選択はしないけれど。

尊重はしたい。

俺のような人間もいれば、死ぬその瞬間までも仲間や組織のために頑張ろうとする人間もいる。それはきっと、彼らにとっての誇りであり意地なのだ。

自分が止めてしまったバトンを、つなげたいという祈りは――

「やり遂げてみせよう」

俺はそう言うと、『黒竜の牙』のアジトへと歩き出した。

◆

この二ヶ月間、大森林内の瘴気《しょうき》の高まりはとどまるところを知らなかった。濃厚な瘴気は次々とモンスターを生み出す。

ごぽりと空気を揺らしてゴブリンが現れて――

ごぽりと空気を揺らしてリザードマンが現れて――

ごぽりと空気を揺らしてオークが現れる。

次から次へとモンスターが吐き出される。それでも瘴気は減らない。どこまでも高まり続ける。その結果――

やがて森の瘴気は臨界点を迎えた。

続々とモンスターがあふれ出す。無数のモンスターが生まれてくる。

大森林でモンスター狩りをしていたフォニックもその異変に気づき始めた。

(……今日のモンスターの数は異常すぎる!)

斬っても斬っても、倒しても倒してもモンスターが湧き出てくる。これはなんなのか、フォニックには思い当たる言葉が一つだけあった。

「……フォニック隊長! こ、これは!?」

隊員たちの顔には疲労と動揺があった。彼らもまた気づいているのだろう、これから起ころうとしていることを。

「……ああ」

フォニックはうなずき――目の前にいるオーガを切り倒した。

まだまだひと息すらつけない。はるか視界の先から無数のモンスターたちが次々に進撃してくる。

終わることのないモンスターの発生――

「スタンピードだ」

◆

濃厚な瘴気が続くことにより、膨大なモンスターが無限連鎖のように生まれ続ける現象のことをスタンピードと呼ぶ。

圧倒的なモンスターの量はそれだけで脅威だ。

それは一種の天災のようなもので、対応を誤れば簡単に街ひとつが滅びてしまう。

大森林の高まり続ける瘴気は、ついにスタンピードの領域にまで届いてしまった。

瘴気によって形作られたモンスターたち――

やがて彼らはひとつの場所へと進撃を開始する。

すぐそこに巨大な街があった。人が大量に住んでいる巨大な都市が。そこから漂う臭《にお》いと気配を彼らは我慢できなかった。

人間。

彼らが敵対するべきもの。

モンスターの大群は人類を殲滅《せんめつ》しようと動き始めた。

大森林から突き進んでくるモンスターたちの群れ。その様子はすぐに帝都の防衛兵たちに観測された。

彼らはそれが何かをすぐに把握した。

「スタンピード発生！」

怒濤《どとう》の勢いで迫ってくるモンスターを見ながら、防衛兵は悲鳴のような声で報告する。

それは瞬く間に帝都中を駆け巡った。

もちろん、『黒竜の牙』本部にも。

「スタンピード？」

八星、紅蓮《ぐれん》の魔術師カーミラは執務室で言葉を聞くなり、大きなため息をついた。

想定してなかったわけではない。これほどの瘴気の増大だ。むしろ、いつ起こってもおかしくはないと警戒すらしていた。

それでも起こってしまうと面倒なことこの上ない。

「オルフレッドさまは？」

「ただいま外出中でございます」

帝都最大戦力の不在。しかし、それでもカーミラは揺るがない。

なぜなら、帝都の戦力の厚さは盤石だから。八星の己がいて、精鋭揃《ぞろ》いの『黒竜の牙』もいる。帝国騎士団もいる。他のクランのメンバーも数が多い。

負ける気など、ありはしない。

「じゃ、我々の務めを果たしましょう」

カーミラは杖《つえ》を持って前線へと出撃した。

もうすでに出撃している冒険者たちとモンスターたちの交戦が始まっていた。

「ブモオオオオ！」

絶叫を上げながら、牛頭のモンスター――ミノタウロスが襲いかかってくる。筋肉質な肉体の持ち主で、巨大な斧《おの》を振り回している。周りにいる冒険者たちが必死な形相で応戦している。

カーミラは一瞥《いちべつ》をくれた後、杖を向けてこうつぶやいた。

「ウィンド・カッター」

瞬間、

斬――！

まるで草でも刈り取るかのような淡白さで、筋肉の鎧《よろい》を身にまとったミノタウロスの身体《からだ》が風の刃にあっさりと両断される。

「ミノタウロスくらいじゃ、焦るほどでもないかな」

カーミラは口元を緩めて、ふふふと笑う。

おおおおおおおお！

と周囲の冒険者たちがどよめいた。

「紅蓮のカーミラ！」

「『黒竜の牙』の八星だ！」

「黒竜だ！　『黒竜の牙』が来たぞ！」

その言葉は次々と伝播《でんぱ》して現場で戦う冒険者たちの戦意を高揚させていく。

彼らにとって『黒竜の牙』とは特別な存在。帝都最大最強のクラン――いつもは強力な商売敵だが、味方につけばこれほど頼りになるものもいない。

カーミラは部下たちを見てこう言った。

「さ、『黒竜の牙』としてのプライドを見せないとね。存分に己の力を示し、帝都最大最強の名を売りなさい」

◆

もちろん、スタンピード発生の報告は大森林にある『黒竜の牙』のアジトにも届いていた。

長距離のメッセージ伝送を可能にする魔導具から届けられたカーミラからのメッセージを受けて、ヴァルニールの部隊も動き始める。

大森林でモンスターを率先して狩り、少しでも帝都に襲いかかるモンスターの数を減らす。

それがヴァルニールの部隊の仕事だった。

アジトから出撃するメンバーたちを、ヴァルニールは上階にある執務室の窓辺から静かに見下ろしていた。

「出撃、完了いたしました」

背後からライオスの声がした。手配はすべてライオスに任せてある。

「ヴァルニールさまと私、あとは私の子飼いの部下しか残しておりません」

「そうか」

ヴァルニールにとってはそのほうが都合がいい。

秘密の部屋に隠してある『ジェネレーター』の調整を誰の目も気にせずにできるからだ。

「では存分に作業をするとしよう……前回はうっかり失敗したからな」

ヴァルニールは先日のことを思い出す。

夜、ジェネレーターの調整をしていたときのこと。『黒竜の牙』のメンバーが間違えて部屋に入ってきてしまったのだ。

「出ていけ」

一般メンバーでしかない男は、ヴァルニールの言葉を聞いてすぐ出ていった。だが、ヴァルニールは安心できなかった。あの男がどこまで気づいたかはわからない。

ならば、口を封じればいい。

ヴァルニールは任務と偽って男に赤い水晶を渡して大森林へと向かわせた。その赤い水晶にはヘルハウンドを呼び寄せる効果がある――

男は死んでしまっただろう。

たいして優秀でもない男だ。失って損はない。そんな男の命よりも確かに大切なものがある――

「ジェネレーターは絶対の秘密。誰にも教えられないものだからな」

ジェネレーターこそが『黒竜の牙』における採取部門躍進の秘密だった。

これは大森林の栄養素を操作する装置だ。

『黒竜の牙』の占有地でだけ高品質な薬草を採取できた理由は、外から膨大な栄養素をジェネレーターで奪い取ってきたからだ。

とても便利な代物だが、副作用もある。

膨大な瘴気を吐き出してしまうのだ。

ここ数年、大森林のモンスターが増加していた理由はそこにある。もちろん、ヴァルニールはそんな事実など興味がない。『黒竜の牙』の利益と、それによる己の立場の強化しか考えていないからだ。

それは微妙な均衡を保っていたのだが――

つい先日、大きく崩れてしまった。

奪われてしまったグランヴェール草、その代わりを急速に栽培するためだ。

グランヴェール草は育つのに膨大な栄養素が必要で、長い時間をかけて育つ。それを取引に間に合わせるために短期で無理やり栽培したのだ。

大森林中の栄養素をかき集めることによって。

大森林内の薬草の品質は驚くほど下がったが、ヴァルニールには興味のない話だ。

絶対に間に合わせよ――

それがオルフレッドの指示なのだから。上の命令を、あらゆる方法を使って遂行する。

それが下の果たすべき役割だ。

「……しかし、スタンピードとは、さすがにやりすぎましたかな」

ヴァルニールほど割り切っていないライオスの言葉にはためらいがある。

ヴァルニールはあっさりと問い返した。

「なぜ？」

「帝都への被害を考えれば、いささか問題かと」

「できておらんな、お前は」

「は？」

「帝都に被害など出ない。なぜなら、帝都にはオルフレッドさまがいるからだ」

帝都最大最強の戦力、その力があれば、こんなもの苦難ですらないとヴァルニールは信じていた。それは都合のいい思い込みではなく――単純な事実だとヴァルニールは知っている。

「いや、むしろ――オルフレッドさまが討伐されれば、『黒竜の牙』の名声は大きく高まるだろう。グランヴェール草も間に合うことも考えれば、まさに一石二鳥ではないか？」

ふふふふ、とヴァルニールは小さく笑った。

本当に本心から、むしろ褒めて欲しいくらいだとヴァルニールは思っている。瘴気《しょうき》を吐き出すことで仕事が増えるのだから、どれほど『黒竜の牙』に貢献しているのか。

「……は、はい。そうですね――」

ライオスがそう応じたときだった。

ドアが開いてライオスの部下が入ってきた。

「失礼いたします！　すみません、設置している映写機に侵入者の映像が！」

「侵入者？」

ライオスが尋ねた。

このアジトや、占有地の周囲には監視用の映写機がいくつか設置されている。不埒《ふらち》な侵入者を見逃さないためだ。

「どんなやつだ？」

「若い冒険者風の男です。腰に短剣を差しているだけなので、なんの職業かは不明ですが……」

そう言って、部下が一枚の写真をライオスに渡す。

ライオスは見た瞬間、うっとうめいた。

「イ、イルヴィス!?」

その名前を聞くと同時、いつもは冷静なヴァルニールの頭はかっと炎のように熱くなった。反射的に振り返る。憎悪の瞳で。

グランヴェール草を持ち去り、面倒をかけてくれた憎き男！

「ライオス！　それは、本当にあの男か!?」

「……は、はい！　間違いありません」

不愉快な気持ちが胸を走り抜けるが——ヴァルニールの口に暗い笑みが浮かんだ。

（……ちょうどいい。なぜここに来たのかはわからないが、ここで復讐《ふくしゅう》してやろうじゃないか。存分に後悔するがいい、イルヴィスよ……！）

◆

次々とカーミラは魔術を展開する。

その強大な威力はモンスターをかたっぱしから倒していった。

それでも視界に映るモンスターの数は減る様子がない。次から次へと新しいモンスターが大森林から押し寄せてくる。

もう何時間、戦っただろうか。

終わりのない戦いに冒険者たちの疲労の色も濃い。カーミラたちの参戦による高揚もすでに失われている。

「……ああ、もうめんどくさい！」

カーミラが吐き捨てたときだった。

ミノタウロスが現れた。

「ウィンド・カッター！」

カーミラが魔術を放つ。両断される——と思ったが、肩口をぶつけたミノタウロスにはざっくりと切り傷が入っただけだった。

よく見ると、ミノタウロスではなかった。

同じ牛頭で筋肉質な身体を持っているが、肌が漆黒だ。ハイ・ミノタウロス。ミノタウロスの上位種だ。上級冒険者ですら苦戦する相手だ。

流石《さすが》に八星カーミラでも、連射が目的の軽めの魔術では一蹴できない。

「こんなモンスターまで！」

「カーミラさま、お下がりください！」

そう言って、配下の戦士たちが前に出る。

時間を稼いでもらっている間に一発でかいのを決めるしかない！　カーミラは次の魔術の準備に入ろうとすると——

「ウィンド・カッター」

背後から声がした。

それは容赦なく、ただの一撃でハイ・ミノタウロスの巨体を、手に持った巨大な戦斧《せんぷ》ごと真っ二つにした。切断されたハイ・ミノタウロスの上半身が地面に落ちる。

魔術師としての到達点である自分を超える威力——

そんな実力を誇る使い手などそうはいない。

カーミラが振り返る。

振り返る必要などないのだが。誰がそこにいるかなど明白なのだが。

そこには銀髪のオルフレッドが立っていた。剣聖にして賢者、両方の称号を持つ当代最高の使い手だ。

ハイ・ミノタウロスを一撃で倒す戦果を上げたのに、その目には何の自慢げな光もない。当然だろう。彼にとってそれは当たり前で、たいしたことではないのだから。

「いらぬ手を出してしまったかな、カーミラ」

「いえ、助かりました」

カーミラはそう言って、静かに頭を下げる。

「状況は？」

「あまり良くありません。モンスターの数が多すぎるので」

「参加が遅れたな。足手まといが多すぎる——ゴミどもがいなければ魔術で吹っ飛ばせるのだがな。実に美しくない戦場だ」

心底からうんざりした口調でオルフレッドは吐き捨てる。

「では地道に切り捨てるとするか」

オルフレッドは腰から魔剣ダーインスレイブを引き抜く。

その瞬間——

オルフレッドの姿が消えた。いや、消えたのではない。とんでもない速度で移動したのだ。まるで彼そのものが一陣の風になったかのように戦場を駆ける。

彼が通り過ぎると、そこには惨殺されたモンスターの死体だけが残った。

強力無比な斬撃が次々とモンスターを切り捨てていく。

今、冒険者たちが必死に抑え込んでいる一〇メートルを超えるレッサードラゴンですら——

ヒュン。

風を切る音とともに太い首を切り捨てる。

一瞬の出来事に冒険者たちが息を呑《の》んだ。

倒れたレッサードラゴンの背中に立ち、オルフレッドは叫ぶ。

「ここに我あり！　『黒竜の牙』のマスター、オルフレッドだ！　私と私が率いる『黒竜の牙』がある限り、すべてのモンスターは雑魚《ざこ》でしかないことを証明してみせよう！」

その瞬間——

まるで地面が揺れるかのような声が響き渡った。

「オルフレッド！　オルフレッド！」

「最強の冒険者！」

「やった！　勝てる！　勝てるぞ！」

カーミラが来たときとは比較にならない賞賛と高揚が戦場に響き渡った。

これがオルフレッドだ。

彼の名は全冒険者たちにこの言葉とともに覚えられている。

すなわち――

最強と。

それはカーミラも同じだ。

「ふふ、これで勝ったかしらね」

◆

俺は大森林にある『黒竜の牙』の支部近くまでやってきた。

託された赤い水晶をヴァルニールという人物に渡す必要があるのだが、そのヴァルニールがわからない。

男は『黒竜の牙』の誰かに聞けばわかる――

と言っていたが、その『黒竜の牙』に所属していそうな人影がどこにも見当たらなかった。

「……ていうか、誰もいないんじゃ？」

建物を眺める限り、あまり人気《ひとけ》を感じない。『黒竜の牙』と言えば帝都最大のクランだ。誰もいないはずはないのだが。

「……何か急用で出掛けたのかな？」

そう言えば、と俺は思い出す。

ここにやってくる途中、大急ぎで大森林を移動する冒険者の一団に出くわしたのだ。あまりにも急いでいる様子だったのと、そもそも何者なのかわからないので隠れてやり過ごしたのだが……。

「ひょっとして、あれが『黒竜の牙』だったのか？」

だとしたら納得もいくが。

いや、それはそれで別の問題が出る。彼らはなぜあんな大移動をしていたのだろう。帝都方面で何かが起こっているのだろうか。

「……考えても仕方がないか……」

忘れることにしよう。とりあえず、託された赤い水晶を引き渡すことに全力を注ぐべきだ。

俺は『黒竜の牙』のアジトへと入っていった。

「ごめんくださーい……」

などと言ってみるが、なんの反応もない。

勝手に入ることに少しばかり罪悪感があるのも事実だが、依頼を完遂するためだ。きっとこの水晶はとても重要なもので待ちわびているに違いない。なんとしても渡さなければ。

「すみませーん、ヴァルニールさんはいらっしゃいますかー……」

と、ドアを開けて大きな部屋に入ったときだった。

——!?

突然、真横から殺気が膨らんだ。

何者かがいて、いきなり俺めがけて剣を振り下ろしてきたのだ。

とはいえ。

俺は部屋に入る前から気配に気がついていたので特に驚かない。……まあ、いきなり斬りかかってきたことには驚いたけど。

別に異常だとは思わないかな。

だって、今の俺ってただの不法侵入者だからね。文句を言う資格はないね。

ぱん。

手の甲でさらっと剣を払った。男に驚く間すら与えずに踏み込み、剣を持った右腕を押さえ込んで喉元に手を当てる。

「すみません、勝手に入ってしまって。ヴァルニールって人を探しているんですけど」

そう話しつつ、俺は部屋の奥にある複数の気配に目を向けた。

部屋のあちこちに武器を持った男たちが立っている。最奥には二人の男が立っていた。

そのうちの一方に見覚えがある。

禿頭《とくとう》にメガネ――

二ヶ月前の指名クエストで俺を見捨てた男――コボルトの群れに襲わせて俺を殺そうとした男――

「グランツ!?」

「悪いがそいつは偽名だ。俺はライオスだ」

グランツ――ライオスが野生味のある表情を作る。

「久しぶりだな、イルヴィス。会いたくて会いたくて仕方がなかったぞ。お前のせいで苦労したからな！」

そう言ってライオスが大笑いした。

隣の陰気な様子の男が口を開く。

「私がヴァルニール――『黒竜の牙』にて八星を担う一人だ。私も会いたかったよ、イルヴィス。私の足元をかき回してくれた不快な男――楽に死ねると思うな」

ヴァルニールの口元に嗜虐《しぎゃく》的な笑みが浮かんだ。

……ふむ。

俺が探していたヴァルニールという男が見つかったのだが――

なんかいきなり殺す宣言をされてしまった。

え!? 見覚えがない人なんだけど!?

グランツ――ではなくて、ライオスらしい――も俺の命を狙っていたし、これはどういう意味なのだろうか。

「そいつを捕らえろ!」

ライオスの言葉とともに、部屋にいた五人の男たちが俺に襲いかかってくる。

……どうにも話が見えないな。不法侵入者をとがめる感じではないのだが。殺す気まんまんみたいなので、とりあえず自衛するか。

俺は腕ずくで押さえ込んでいる男の腹に当身を喰《く》らわせた。鈍い声とともに沈む男の身体《からだ》。そうこうしているうちに他の男たちが俺の元に殺到してきた。

「覚悟しやがれえええええ!」

そんなことをわめきながら。

話をしたいのだが――どうにも話をする余裕がない。黙ってもらうか……。あの自称ヴァルニールとライオスさえいれば状況はわかるだろう。

俺は五人組をあっという間に気絶させた。

……やれやれ。五対一でむしろ助かった。お互いが邪魔をして、うまく俺を攻撃できなかったのだろう。でなければ俺に勝ち目などない。

ライオスがわななないた。

「な、なんだと……？　俺の部下たちをこんなにもあっさりと……」

「臆《おく》するな、ライオス。八星の私がいるのだ。あの男に勝ち目などない」

「そ、そうですね！　わかっております、ヴァルニールさま！」

とりあえず、空気が落ち着いてきたので俺は話しかけてみた。

「すまないが、あんたがヴァルニールなのか？」

「いかにも」

「そうか。別に俺は何もするつもりはないんだが……頼まれごとをしていてね。これをあんたに渡してくれと」

そう言って、俺は赤い水晶を取り出して二人に見せた。

瞬間、ヴァルニールが急に色めき出す。

「き、貴様、それは⁉　どこで手に入れた⁉」

「え？　でかい狼《おおかみ》に襲われていた男から渡されたんだよ。これをあんたに渡してくれって」

状況がなんだかよくわからない……。この宝玉を押し付けて、さっさと家に帰ろう……。

「狼――ヘルハウンドか……⁉　あの男からだと――⁉」

なぜかヴァルニールが興奮状態になっている。

「あの男から何か——聞いたのか？」

何かを聞いた？

「そうだな、いろいろとな」

俺はそう答えた。話をしたのは事実だからな。

「その後、息を引き取ったよ。己の果たすべき使命を託した——そんな誇らしげな表情でな」

「使命を託した、だと……き、貴様——！　知ってしまったのか!?」

ヴァルニールの顔が真っ赤に染まっている。

……え、あんたの部下を褒めたんだけど、どゆこと？

その後、ぼそぼそと——

「あいつめ……やはり気づいていたのか……」

とか小声で何かをつぶやいている。

「どうやら、やはりお前は生かしておけない人間のようだな……！」

ええええええええええ!?

なんでその結論にたどり着くの!?

「待ってくれ、俺にはなんのことだか——」

「黙れ！　マジックスピア！」

ヴァルニールの差し出した右腕から白い閃光《せんこう》のような槍《やり》が飛び出した。

反応――右に動いてかわす。

轟音《ごうおん》とともに俺の背後にあった壁が崩壊した。

「ライオス！　あいつを逃すな！　仕留めるぞ！」

「わかりました！」

ライオスが剣を引き抜きつつ俺に襲いかかってくる。同時、俺の動きを制限するかのようにヴァルニールが素早い速度でマジックスピアを打ち放ってきた。

ライオスの高笑いが響き渡る。

「俺の攻撃とヴァルニールさまの援護！　長い時間をかけて磨き上げた連携を突破できたものはいない！　お前ごときに――ぺぶぅ!?」

俺の一撃を受けてライオスが派手に吹っ飛び、壁に激突して気を失った。

ヴァルニールが露骨に動揺する。

「バ、バカな!?　我々の連携をこうもあっさりと!?」

俺はあまりヴァルニールの言葉を聞いていなかった。

何がどうなっているのか、俺なりに考えていたのだ。まともに質問しても答えてくれないからな……。

この二人は俺を殺したいらしい。だが、俺には殺される理由が思い当たらない。

あの水晶を見るなり、ヴァルニールは俺への怒りを強めた――だが、あの男はヴァルニールに渡してくれと言っていた。その言葉と明らかに矛盾する……。

そもそも八星とか言っていたが、さっきの連携、ちょっと弱すぎないか？

そこまで考えて俺は結論に至った。

……ああ、そうか。そういうことなのか……。

俺は自称ヴァルニールをぴっと指差した。

「わかったよ、すべてが。お前たちが何を企《たくら》んでいるのか」

俺の言葉にヴァルニールがピクリと身体を震わせる。

「……なん、だと!?」

「お前は偽物だ、『黒竜の牙』の人間でも、ヴァルニールでもない」

「え？」

冷静沈着だったヴァルニールの顔に動揺が走った。

俺は確信した――そうか、図星か。

「お前たちは『黒竜の牙』の人間を騙《かた》り、その評価を貶《おとし》めようとしたのだ。二ヶ月前、そのライオスを使って見ず知らずの俺を殺そうとしたのもその一環だろう」

頭の中で組み立てた推理がすらすらと口から出てくる。

素晴らしい！　今日の俺は冴《さ》えている！

「ここで出会った瞬間――てっきり俺はお前たちを『黒竜の牙』の人間だと思ったが、違うな。お前たちもまた不法侵入者。お前が本物のヴァルニールなら、この赤い水晶を嬉々《きき》として受け取るのにそうしなかったのが証拠だ」

俺は『自称』ヴァルニールを指差した。

「お前は何者だ!?　名を名乗れ！」

「え、いや……」

俺の言葉に自称ヴァルニールの目が泳ぐ。

「その……ヴァルニールだが？」

「まだ言い張るのか！　いい加減、諦めろ！」

俺の言葉にヴァルニールが顔を真っ赤にした。

「わ、訳のわからないことを言いおって！　かまわん！　八星の私を怒らせたこと、後悔するがいい。オルフレッドさまほどではないが、私もまた剣魔の使い手よ！」

言うなりヴァルニールが腰のブロードソードを引き抜いた。

「エクスプロージョン！」

ヴァルニールの声とともに、俺のいた空間が爆《は》ぜる。

だが、遅い。

すでに俺はヴァルニールへと走り出してそこにはいない。

「なめるな！　エクスプロージョン！」

さらなる発動。

魔力が空間に作用するのを俺は感じた。それは狙いすましたかのように、俺の進行方向
——今まさに俺が通り過ぎようとしている空間に展開していた。

俺の速度を読んでの『置き』か——

足を止めればやり過ごせるが、コンマ数秒後の話だ。そう簡単には止まれない！

ならば——

俺は走り抜けると同時、短剣を振り抜いた。

一閃《いっせん》！

展開されていた魔力そのものを切り捨てる。

「な——！」

驚く自称ヴァルニールに俺は肉迫した。

「ちっ！」

舌打ちと同時に繰り出されるヴァルニールの剣を、俺は短剣であっさりと弾《はじ》く。ヴァルニールは攻撃の手を休めないが、そのすべてを俺は防ぎ続ける。

「おのれえええええええええ！」

絶叫ともに剣を大きく振り上げるヴァルニール。大ぶりすぎる！　俺はできた隙を見逃

さず、鋭い蹴りをヴァルニールの腹に叩《たた》き込んだ。

「ぶふぁあ!?」

悲鳴を上げながら、ヴァルニールがすっ飛んで壁に激突する。

「かはっ……。こ、この私が……八星の、この私が……」

「八星？　やめておけ、その嘘《うそ》はバレている。証拠は上がっている――」

俺は自称ヴァルニールを指差して続けた。

「八星がそんなに弱いはずがないだろ？」

帝都最大戦力の一角が、俺ごときに倒せるはずがない。

俺の言葉を聞いた瞬間――

だん！　と大きな音を立ててヴァルニールが床を殴った。

「き、貴様ぁぁぁぁ！　言わせておけば！　この私を、愚弄《ぐろう》するのも大概にしろ！」

その目は怒りに燃え上がっていた。

……うん？　八星じゃないと言われて図星だったのかな？

ヴァルニールがゆらりと立ち上がった。

そして、ふところから小さな容器を取り出す。中には薄紅色の液体が入っていた。ぺきっと自称ヴァルニールの親指が容器の先端をへし折る。

「ドーピング・コボルトの研究で作り出した薬だ。こいつだけは使いたくなかったがな

「……お前だけは許さん――――！」

言うなり、自称ヴァルニールがいきなり容器の液体をあおる。

「うおおおおおおおおおおおおおおおおおおお！」

まるで体内からあふれるエネルギーを吐き出すかのような、自称ヴァルニールの絶叫が部屋に響き渡った。

次いで、急激に筋肉を鍛えたかのように自称ヴァルニールの身体《からだ》が盛り上がる。ひと回り大きくなったかのようだ。

「ふはあああああああ……」

ヴァルニールが剣を構える。

「ふざけた男だ……！　お前だけは許さない――――！」

言い捨てると同時、ヴァルニールが俺へと襲いかかった。その剣がとんでもない速度で振り下ろされた。

――――！？

短剣で打ち払ったときに感じる圧がさっきとは比べものにならない。

「はーはははははははははは！」

自称ヴァルニールが高笑いを上げる。

「どうだ！　この私の力は！　力も速度もさっきまでとは段違い！　いつまで我慢できる

かな!?」

「いや、別に我慢は必要ないかな」

俺は自称ヴァルニールを蹴り飛ばした。

「へっぼおおお！」

またしても絶叫を上げながら自称ヴァルニールが吹っ飛んでいった。

……まあ、確かに『圧がさっきとは比べものにならない』のだが、それだけだ。強くても、俺の限界には遠く及ばない。

俺は自称ヴァルニールを指差した。

「それくらいで威張られても困るな。弱すぎるよ。そんなんじゃ八星と名乗るのは無理があるぞ、偽物さん」

「きき、き、貴様あああああああああああ！」

自称ヴァルニールは絶叫した。

……？　確かに挑発してはいるけど、そこまで怒るほどなのか？

「許さん！　許さんぞおおおおおお！　この私をコケにしくさって！」

言うなり、自称ヴァルニールは真っ赤な薬を取り出した。

「本当の、本当に！　これだけは使いたくなかったが――構わない！　お前を殺すためならば！　私も覚悟を決めよう！」

ぺきっと容器の先端をへし折ると、自称ヴァルニールはそれを飲み干した。

「私は人間をやめるぞ、イィィィルヴィィイイイイイス！」

瞬間――

自称ヴァルニールを中心に空気が爆《は》ぜた。それは自称ヴァルニールの体内からあふれ出す生命エネルギーが爆発したかのようだった。

こ、これは――!?

自称ヴァルニールの身体がさらに膨張していた。身長は二メートル五〇くらい。ぱんぱんに膨らんだ筋肉でぱつんぱつんになった服の手足は、太さに耐えきれず引き裂けている。

白目をむき、頭や腕には太い血管が浮き上がっていた。

「ううう、あああああ……」

口から、よくわからない音が漏れている。

「があああああああああ！」

べきっ！

絶叫とともに――自称ヴァルニールが持っていた剣を両手で曲げる。その瞬間、剣はまるで枯れた木の枝のようにへし折れた。

ぶはぁ、と自称ヴァルニールが大きな息を吐く。その口から、チロチロとした火の粉が飛んでいた。

……あれは、人間なのか？

直後、自称ヴァルニールが俺へと飛びかかってきた！

さっきとは比べものにならないすごい速度で迫り、凄《すさ》まじい速度のパンチを放つ。

それは――

「うお!?」

俺がぎりぎりで反応できるほどの速さだった。

いや、こう言うべきか――俺がぎりぎりで反応するのがやっとの速さだった。

俺は確かに自称ヴァルニールの攻撃をガードした。

――っ！

鈍い痛みが腕の反対側から伝わってくる。

……これは、なかなかだ……！

「ぐがああああああああああ！」

自称ヴァルニールは容赦なく俺に殴りかかってくる。

肉と肉がぶつかる、重い音が響き渡る。その一撃ごとに俺の腕には痺《しび》れるような痛みが走った。

それでも――

「お前！　お前は！　お前だけは殺すうううううううううう！」

「甘い！」

攻撃の隙をつき、俺は自称ヴァルニールに反撃する。身体が大きくなったことに、自称ヴァルニールはついていけていない。膨大な筋肉に振り回されて動きは雑になっているし、大きくなった身体の当たり判定の広さにも気づいていない。

ただ暴力を振るうだけ——いや、違うな。暴力に振り回されるだけの巨体では学生時代に少し優秀だった俺にすら届かない。

くらえ！

俺の渾身《こんしん》の一撃が自称ヴァルニールの脇腹を殴った。それは筋肉の鎧《よろい》すら打ち砕き、肉体の奥深くへとめり込んだ。

「おっぼあああああ……!?」

かなりの激痛だったのだろう。脇腹を手で押さえて自称ヴァルニールの身体が後方へとふらつく。

さらに殴りつけて戦闘不能にするだけだ！

だが、それよりも早く——

ぼん！　と自称ヴァルニールの筋肉がさらに大きく膨らんだ。

「ブルァァアアアアアアアアアアア！」

咆哮《ほうこう》とともに、自称ヴァルニールが俺にこぶしを叩きつける。

――!?

それは本当に速くて――俺の行動が少しだけ遅れた。右に身体をずらすことも、腕を間に挟んでガードすることも間に合わなかった。

肥大化したハンマーのようなこぶしが俺の胸を直撃する。

「――がっ!?」

とんでもない激痛が俺の身体を貫いた。景色が後方に流れる。俺の身体が吹っ飛んでいるからだ。それは――

「ごふっ!?」

背中が壁に叩きつけられた激痛とともに終わった。空気が激流となって肺から飛び出る。

……なんだ、これは……。

身体が痛くて動かせない。とんでもない威力だ。はっきりしていた意識が急速にボケていく。ああ、これで意識を失えば――

楽になる。

楽になれる。

俺は小さく口元で笑った。意外とそれはいいかもしれない。もともとガツガツと人生を楽しみたいと思うタイプでもない。無気力に流れるように生きてきただけ。生きるのも面倒だと思うことすらあるほどだ。

死んでたって別にいい。どうせ死んでいるような人生だ。

目の前の、人間をやめた化け物の大笑いが聞こえてくる。

「アヒャヒャヒャヒャヒャヒャヒャヒャ！　私を、私を怒らせるからこうなる！　私はヴァヴァヴァヴァヴァヴァルニイイイイイル！　お前ごときに見下される存在じゃあない。ヒャヒャヒャヒャヒャ！」

視界が暗くなってくる。

そうだな、別に生きていても死んでいてもいいのなら——

ここで死ぬか。

死ねばすべてが終わる。何も考える必要もなくなる。恥の多い人生だと悔いることもない。

そうだな、それがいい——

「焼却！　焼却！　汚物は消毒だああああああああああああ！」

化け物がすっと息を吸い込み、俺めがけて紅蓮《ぐれん》の炎を吐き出した。

炎の渦が空気を焼き尽くしながら俺に殺到、動けない俺を燃やし尽くそうとする。

ああ、これに呑《の》まれれば——

そのとき、誰かの声が聞こえた気がした。

——お兄ちゃん、お兄ちゃんは絶対に死んじゃダメだからね？

アリサの、声が。

瞬間――

俺の右手が短剣を引き抜き、炎を斬った。

「な、何いいいい!?」

化け物の声が聞こえる。だが、そんなことはどうでもいい。今の俺は、意識の奥底から流れる記憶だけをたどっていた。

それは俺の父が死んだ――四年前のことだ。

俺とアリサが、たった二人だけの肉親になったときのこと。

父の葬式が終わって、二人で家族の墓に祈った後、アリサは初めて泣いた。大泣きに泣いて、そして俺を見て言ったのだ。

「お兄ちゃん、お兄ちゃんは絶対に死んじゃダメだからね？」

「死なないよ」

「本当に？　わたしを一人にしないでね？　絶対だよ？」

「もちろんさ」

そうか――だからアリサは決して言わなかったのか。

二年間ずっと死んでいたかのような、重荷でしかない俺みたいな穀潰《ごくつぶ》しに――

あんたなんて死んでしまえ、と。

アリサは絶対に言わなかった。あんな状態の俺でもアリサは死んで欲しくないと思っていた。あんな俺でも生きていて欲しいと思ったから。

生きているだけでもマシだと思えたのだ。

ああ、そうか。

アリサは死んで欲しくないと思っているのか。ずっと祈るように願うように過ごしながら、俺が立ち上がるのを待っていてくれたのか。

ならば――

「ふざけるなっ！　炎が切れるはずなど――！」

化け物が再び炎を吐いた。

俺の短剣が炎を切り捨てる。

「な――!?」

化け物が言葉を失う。

俺は小さく息を吐いた。

「今日ここで煉獄《れんごく》の炎に焼かれるのも悪くないと思ったんだ。恥の多い人生ごとな。だけど……悪いな――」

周囲に火の粉を撒《ま》き散らしながら、俺はこう続ける。

「口うるさい泣き虫の妹が言うんだよ。それでも生きていてくれってさ」

「ふざけるなァッ！」

化け物が三度目の炎を吐き出した。

結果は同じ。

斬。

俺の短剣が空気とともに炎の渦を引き裂く。化け物が炎を吐き続けるが――無駄だ。俺は次々と右に左に短剣を振るい炎を切り捨てる。

そのまま大股に化け物へと近づいていった。

炎を吐くのをやめて、化け物がわななく。信じられないような声色で。

「なぜだ!?　ほ、炎を切り裂くだと!?　そ、そんなことが、なぜ!?」

俺は不思議で不思議でたまらない。

何を驚くことがある？

「そんなに難しいことなのか？」

初めてやってみたが、あっさりできた。きっと剣を手にとった初日でもできただろう。

「できないのか？　本当に？　この程度のことが？　何をどうすればできないんだ？　呼吸をするようにできるだろう？　歩くようにできるだろう？　呼吸の仕方がわからないのか？　歩き方がわからないのか？　なぜ？　どうして？　できないはずがない。世界はそうなるように作られているのだから。一＋一＝二と同じ理屈だ。リンゴを落とせば地に落ちるのと同じ理屈だ。なのに、お前はできないと言う。俺には理解できないな。こんなにも簡単なことが？　こんなにも幼稚なことが？　こんなにも単純なことが？　こんなにもくだらないことが？」

俺は、はあ、とため息をついてこう続けた。

「これくらい、普通だろ？」

「くおおおおおおおおおおおおおおおおおおおおおおおおおおおおお！」

化け物が部屋中に響き渡るような絶叫を上げた。

「ふうううううううううざあああああけえええええるなあああああああああああ！」

突進しながらこぶしを振りかぶり――

俺に振り下ろす！

突進速度、打撃速度。すべてが圧倒的だ。破壊エネルギーそのものの強さすら感じさせる。

どうやらこれを超えるには――

俺も本気を出すしかないようだ。

別に今まで手を抜いていたわけではないが。俺はもともと本気を出せなかった。本気を出す必要がなかったし――本気を出すためのホンキトチウムもなかったからだ。

だが、今この胸の中に少しばかりのホンキトチウムがある。

──お兄ちゃん、お兄ちゃんは絶対に死んじゃダメだからね？

アリサの声とともに少しだけ、それが生まれた。

一秒だけなら、俺も本気になれるだろう。

さあ、魂よ──燃えろ！

俺は化け物の攻撃を紙一重でかわしつつ前進、すれ違いざまに短剣を走らせた。

閃《せん》。

一秒にも満たない一瞬の後、俺は化け物の背後に立っていた。俺の右手には短剣が握られていた。移動する前と同じ状態で。

刃を振り抜いたポーズで立ち止まってもよかったが──

意味がないからな。

一〇〇〇の斬撃を喰《く》らわすために一〇〇〇の攻撃を繰り出した。それだけ剣を振るっておいて、振り抜いたポーズで止まることに意味などない。

俺は短剣を振って、刀身を真っ赤に染める液体を床へと払い落とした。

同時──

「ぶぇえええええええええええええええええええええええ！」

化け物が絶叫する。

その身体《からだ》に無数の裂傷が開き、鮮血を撒き散らせる。化け物は呻《うめ》き声《ごえ》とともに床に倒れた。

きん、と俺は短剣を鞘《さや》に戻す。

そんな俺を見て、化け物——自称ヴァルニールが言った。

「ば、化け物……」

「ん？　今ごろ自分の姿に気がついたのか？　そうだよ、お前は化け物だよ」

俺は普通のことを普通にしているだけだしな……。

俺の言葉を聞くなり自称ヴァルニールがイラだった様子で身を起こそうとしたが、果たせず再び床に倒れ伏す。

その口から漏れてきた声は呪詛《じゅそ》ではなくて——笑いだった。

「ふふふふふ……」

「何がおかしい？」

「お前を道連れにできることがだ！」

自称ヴァルニールの身体に刻まれた裂傷から炎があふれ出した。炎だけではない、光まで漏れ始めている。

俺は直感で理解した。

爆発する——

「ははははははは！　お前だけは許さん！　死ねえええええええええ！」

絶叫とともに、自称ヴァルニールが爆《は》ぜた。


闇に落ちていた意識が浮かび上がったとき、鼻につく焦げ臭いにおいを感じた。

咳込《せきこ》みながら身を起こすと、俺の周囲にあった瓦礫《がれき》がパラパラと崩れ落ちる。

俺たちのいた『黒竜の牙』の屋敷は見事に吹き飛んでいた。吹っ飛んだ俺はその瓦礫の上に寝転がっていたらしい。

なぜ助かったのか――

単純に魔力障壁を展開したからだ。おかげで道連れ攻撃は回避できたわけだが――

「なかなか状況は厳しいな……」

焦げたにおいの正体は明白だ。周りを見渡せば、森が燃えている。

この屋敷を中心として真っ赤に森が燃えている。

……あれだけの爆発だ。当たり前といえば当たり前だが。

このままここにいれば、さすがの俺も蒸し焼きになるか、汚染された空気にやられるか、時間の問題で動けなくなってしまうだろう。

もちろん、俺の命も大事だが――

森も大変な状態だ。

大森林の名前は伊達《だて》ではない。膨大な量の自然資源がここにはある。このまま放置すれば森は炎に焼き尽くされてしまうだろう。

どうにかする方法は？

なくもない。

俺は立ち上がり、空を見上げた。

からからに晴れた、雲ひとつない青空が広がっている。

——ようは雨が降ればいいのだ。

◆

真っ赤な身体の牛頭モンスター——レッド・ミノタウロスが大口を開ける。

「ボガアアアアアアアアアア！」

直後、口から炎が吐き出された。

肌を焼く熱気にもオルフレッドは表情ひとつ変えない。

「ふん」

こともなげに魔剣ダーインスレイブを振るう。

瞬間、炎が断ち割れた。

周りにいる冒険者たちが驚愕《きようがく》の声を上げる。

「うおおおおおお！　さすが『黒竜の牙』リーダー！」

「剣聖にして賢者！」

「生きる伝説のオルフレッド！　炎まで斬るなんて！」

そんな言葉を聞きながら、内心でオルフレッドは笑った。

（人の身で炎など斬れるはずがなかろう）

そんなことは卓越した技量を持つオルフレッドですら不可能。持っている伝説の魔剣ダーインスレイブの力を展開しただけだ。

だが、彼らの思い違いをオルフレッドは訂正したりしない。

いいのだ、それで。

思い違わせておけばいい。評判が人を形作る。己に有利なことであれば勝手に言わせておけばいい。それがオルフレッドという伝説を作る。

そこに罪悪感を覚える必要もない。

なぜなら――

「遅い」

オルフレッドの剣がレッド・ミノタウロスを一撃で両断する。

こんなにもオルフレッドは強いのだから。最強が最強であること――その事実に変わりはない。

そして、それは決してオルフレッドの過信ではない。事実、この戦場に横たわるモンスターの死骸、その半数はオルフレッドの手によるものだ。

オルフレッドはなんの感慨もなく戦場を見渡した。すでにスタンピードのモンスターたちはほとんど倒れていて、数の多い雑魚ばかり。残党狩りは普通の冒険者たちに任せておけばいい。

オルフレッドの仕事は終わったのだ。

(……ふん、実に他愛ない……)

街すら滅ぼすスタンピードですら、オルフレッドがいれば問題にすらならない。これが現実なのだ。

「オルフレッドさま!」

流星の剣士フォニックがやってきた。森で討伐任務をこなしていたが、スタンピード発生に気づいて戻り、ここの戦線に参加していた。

「私の持ち場も片付きました! スタンピードはほぼ収束しております!」

「そのようだな。だが――」

そこでオルフレッドは首を傾《かし》げた。大森林の方角に目を向けて、指を向ける。

「あれはなんだ?」

「なっ!?」

フォニックが言葉を失う。

森の奥からもくもくと大量の煙が立ち上っていた。

（あのときか――？）

オルフレッドには覚えがあった。

戦っている最中、森の奥から爆音が響き、大きく地面が揺れたのだ。

「何が起こっているのだろうな？」

オルフレッドは浮遊の魔術を発動して浮かび上がる。すっと上空へと舞い上がり、煙の出元へと目を向けた。

火事だ。

炎が燃え広がり、森が燃えている。かなり大規模で放置すれば大変なことになるだろう。

（なるほど、面白い）

くくく、とオルフレッドは喉の奥で笑った。

（あれをあっさり消し去れば、また私の伝説が――『黒竜の牙』の名が世に轟《とどろ》くな）

言うなり、オルフレッドは虚空に映像魔術を展開した。

そこに燃え盛る森を転写する。

おおおお！　と冒険者たちがどよめいた。

オルフレッドは音声を拡大する魔術を行使、戦場全体に響くような音量で喋《しゃべ》る。

「見よ！　大森林が燃えている！　多くの生物が生き、多くの植物を育む緑の森が炎に包まれている！　駆け出しの頃、あの森の薬草集めで糊口《ここう》をしのいだものも多かろう！　このままでは諸君らの愛した森は膨大な灰に変わる！」

冒険者たちが悲鳴のような声を上げた。

その響きがオルフレッドには心地よい。

物事には演出が必要だ。それが『行い』の成果を二倍にも三倍にも引き立ててくれる。

仕事をそのまま遂行するのは二流だ。適切な演出によって、成果を数倍にしてこそ一流。

同じ労力を払うのだ、ひと手間でより多くのものを引き出すべきなのだ。

冒険者たちの耳目がオルフレッドに集中している。

（……準備は整った）

彼らはきっとオルフレッドの成果をあちこちにばら撒《ま》いてくれるだろう。

満足したオルフレッドは両腕を前に差し出す。

「大気に宿りし数多《あまた》の水よ！　秘匿《ひとく》したその姿を現し、我が周囲に集え。顕現《けんげん》するは偉大なる水龍王なり。そこに形あり、そこに力あり。我が命ずるままに森羅万象を粉砕せよ！」

オルフレッドの周囲に次々と水の玉が浮かび上がる。それは互いに融合し、だんだんと大きくなり、ひとつの形をなしていく。

オルフレッドの周囲をとりまく、文字どおり水でできた巨大な龍へと。

高位魔術のひとつ『ウォータードラグーン』――

賢者の称号を持つオルフレッドなら造作もない術だ。

「うおおおおおおお！　さすがはオルフレッド！」

「『黒竜の牙』リーダー！」

「火事だって一発だ！」

冒険者たちの興奮の声――オルフレッドには実に心地がいい。

(褒めよ、称《たた》えよ。そして、今日のこのことも語り継ぐがいい。オルフレッドと『黒竜の牙』の名を遠く、遠くへな――！)

己の力を振るう最高の舞台が整った。

森を覆う炎は広く、もうもうと煙が吹き上がっている。何も問題はない。オルフレッドのウォータードラグーンが決まれば、すべての炎は消える。

――さあ、我が力を見よ！

「ウォータードラグーン！」

オルフレッドが魔力を解き放つ。

巨大な水龍は飛び立ち、その膨大な水の質量と圧力が燃え盛る炎を粉砕するだろう――

「――!?」

そうは、ならなかった。

解き放とうとしたウォータードラグーンはぴくりとも動かなかった。それどころか、身体《からだ》を小さく震わせた後、そのまま、糸がほどけるように身体が瓦解していく。

(……な、何が……!?)

オルフレッドは動揺した。

彼の人生で、本当にごくたまにしか湧き起こらない感情だ。

なぜ、こんなことが……?

だが、それは起こっている。賢者であるオルフレッドが、『黒竜の牙』リーダーであるオルフレッドが、帝都最大戦力のオルフレッドが――

丹念に練り上げた魔力が消えていく。

(……バカな……!?)

オルフレッドの明晰《めいせき》な頭脳は状況を解析していく。

自分の魔術が失敗したわけではない。奪われているのだ。この空間にある水分のコントロールを何者かがオルフレッドから奪い取っている。

その事実は――

オルフレッドの背筋に凍《い》てついたものを感じさせた。

(この賢者たる、歴代でも最高峰の魔術師であるオルフレッドから制御を奪うほどの魔術師がいるだと!?)

信じられないが、いるのだ。間違いなく。そんな化け物のような――オルフレッドを超える規格外の存在が。

水が消えた。

（……いったい、何の魔術を使うつもりだ!?）

ウォータードラグーン以上の水を必要とする魔術。そんなものが発動されれば、必ず目立つはず。それを見逃すつもりはない。

見つけ次第、そこに向かい正体を見定めてやろう！

オルフレッドはじっと森を見つめる。

――かくして、魔術は発動した。

ぴとり、と妙な感覚がオルフレッドの豊かな銀髪に伝わる。

オルフレッドは反射的に空を見上げた。そこはさっきまで晴れ渡っていた青空だったはずなのに、今では灰色の曇天が広がっている。

「なん、だと!?」

さらに、二つ目の雨粒がオルフレッドの顔を打つ。それは次第に数を増し――

凄《すさ》まじいまでの豪雨が降り注いだ。

「雨だ雨だ！」

「おお、これなら火事も消えるぞ！」

冒険者たちが能天気な声を上げている。

(……雨、雨だと……!?)

自然に降った雨ではない。何者かが、オルフレッドから膨大な水分のコントロールを奪い取り、この雨雲を作り出したのだ。

その推論におかしなところはない。

ただ一点、天候を操る魔術は超絶難易度であり、あまりの難しさにいつの間にか失われた技術とされ、今では誰も使えなくなったことを除けば。

もちろん、オルフレッドも例外ではない。

「……そんな、ありえない……」

オルフレッドは呆然《ぼうぜん》とした様子で豪雨に打たれ続け――

「おおおおおおおおおおおおおおおおお!」

感情の赴くままに絶叫した。

◆

豪雨に打たれながら、俺は、ふぅとため息をついた。この雨量なら、大火事でもなんとか消火できるだろう。

別にたいした魔術ではないので簡単に発動できるかなーと思っていたんだが――

ちょっと焦ってしまった。

この魔術には、大気中の水分が大量に必要なのだけど、どうやらどこかの誰かが事前にホールドしていたため、発動が危うかったのだ。

こういう場合、魔力で干渉して無理やりコントロールを奪うしかないのだが、俺は謙虚な男なので、どうしようかと思った。

誰かが使おうとしているのを横取りするってのもなあ……。

悩んだけど、火事が起こっているしな。災害対策である以上、遠慮はできない。

そんなわけで、容赦なく奪い取った。

すまない！　誰か知らない人！　まー、でもあなたの犠牲のおかげで火事を抑えられたから、よしとしてくれ！

いやー、天候魔術、研究しておいてよかったなあ……。

学校行事がメンドくさくて雨天中止を狙うために研究していたのだ。実際は、楽しみにしているクラスメイトがかわいそうだと思い直して使わなかったけど。

うんうん、役に立つものだな。

最初は『ウォータードラグーン』にしようかと思ったんだけど、さすがに、ないわーと思った。あれは広範囲攻撃魔術なので、水圧で吹っ飛ばす形になる。威力から考えれば間違いなく地形が変わるだろう。

……まあ、天候魔術すら使えない三流くらいなら――いや、それでも社会人がやるには荒っぽい仕事だなーと思うけど。

社会人失格だな。そんな奴《やつ》は。

お！　言いたかったセリフ、言えちゃったぞ！

俺は、ちょうど雨除《あまよ》けになりそうな瓦礫《がれき》を探し、その下に座り込む。

やっと少し落ち着けるか――瓦礫に背中を預けて大きく息を吐いた。

さすがの俺も今日は疲れてしまった。

天候魔術はそれなりに魔力を使うし、生まれて初めて本気も出しちゃったしな……。

そういう作業面の疲労もあるが、今回の事件は本当によくわからない。

俺がなぜ命を狙われていたのか、途中で赤い水晶を渡してきた男はなんだったのか、『黒竜の牙』アジトにどうして自称ヴァルニールとか偽物たちがいたのか――

最終的に解決はしたが、転がっている謎の数々は何も解決していない。

おまけに『黒竜の牙』のアジトまで吹っ飛んじゃったけど、どうしよう。張本人の自称ヴァルニールは死んでいるから責任をとらせられないし。

俺が起こったことを説明をしようにも、状況がわかっていないので正しく説明もできない。

就活マニュアル本『内定無双』にも書いてあったじゃないか。

『社会人は中途半端な理解のまま喋ってはならない。君が話した情報をもとに判断が下される。君が間違えたことを言えば、判断も間違えてしまう。適切な説明は己の責務と心得よ。面接担当は、君がどれほど理路整然と話せるかを見極めようとしている』

……やれやれ……中途半端な理解でしか喋れないな……。

変な報告をして周りに迷惑をかけるのも悪い。とりあえず、ここで起こったことは、当面、俺だけの秘密にしておこう。

……まあ、俺、何も悪くないし、巻き込まれただけだしね……。

そのとき、急速に眠気が押し寄せてきた。

俺は半ば朦朧《もうろう》としながら、湧き上がる言葉を口からこぼす。

「アリサ、終わったから帰るよ……だけど、ちょっと疲れたから休ませてくれ。ごめんな……」

アリサの顔が意識下に浮かぶ。

お兄ちゃん！　そう言ってすぐサボろうとしないの！　はい、すぐ寝転ぶのやめなさい！

俺はふふっと笑って小声でこうつぶやいた。

「違うよ、今日はね、本当の本当に頑張ったんだよ……。わかって欲しいなあ……意外と今日は社会人できたと思うぞ……？」

あくびを小さく吐くと、俺はそのまま眠りについた。

◆

豪雨の中、すっとオルフレッドが空から降りてきた。

フォニックには魔術のことがわからぬ。フォニックは、流星の剣士である。剣を振り、鎧《よろい》をまとって生きてきた。けれども違和感に対しては、人一倍に敏感であった。

あの水龍のほどけかたは普通ではない。

「な、何が起こったのですか、オルフレッドさま!?　まさか、魔術の制御を失敗されれ――」

思わずフォニックは口をつぐんだ。

オルフレッドは何も答えない。ただ、少しだけ振り返ってフォニックを右目だけで見た。

その目には明確で強烈な感情があった。

フォニックは心臓に痛みを覚える。

聞いてはいけないことを聞いてしまった！

フォニックは慌てて言葉を探した。

「あ、あの、その……、魔術についてはよくわからないのですが……何か気になることがあって、みずから魔術を取り消された、とか……?」

「ふん」

オルフレッドはそう反応すると、ずんずんと歩いてその場を去っていった。

オルフレッドのその態度は、フォニックにとんでもない事実を気づかせた。

(違う、そうじゃない……やはり、オルフレッドさまは失敗した……!?)

それは今まで見たことがない事実だった。

それから一ヶ月——

フォニックは忙しさに忙しさを重ねて、さらに三倍に膨らませたくらい忙しい日々を送っていた。一日の平均睡眠時間は考えたくもない。

忙しいのも当たり前だ。

なぜなら、大森林にある『黒竜の牙』アジトが吹っ飛び——

八星であるヴァルニールと腹心ライオスが行方不明なのだから。

後始末のため、フォニックは膨大な量の事務作業をこなさなければならなかった。

そんなとんでもない被害状況を初めて聞いたとき、あまりの内容にフォニックは言葉を失った。

(あのヴァルニールが!?)

だが、それ以上に衝撃を受けている男がいた。

オルフレッドである。

「な、なんだと、ど、どういうことだ……!?」

身体《からだ》を震わせてオルフレッドがわなないている。オルフレッドのそんな様子をフォニックは見たことがない。

当然だ。

『黒竜の牙』の業績はずっと右肩上がりだった。オルフレッドの振るうタクトのままに仕事をこなせば結果がついてくる。

それが三〇年近く続いた。

初めての失敗が、これほどの大惨事なのだ。冷静でいられるはずがない。

「私の、私の『黒竜の牙』を——誰だ！　誰がこんなことを！」

怒りを瞳に宿し、ここまで声を荒らげるオルフレッドを見るのも初めてだ。

そして——

ヴァルニールの不在——おそらく死は大きな問題にもつながった。

『黒竜の牙』が最重要としていた『グランヴェール草』の取引だ。これは今後の取引への布石となる重要な契約だったが、責任者であるヴァルニールの不明とともにすべてが頓挫《とんざ》した。

「ヴァルニール、やつめ……！」

あらゆる呪詛《じゅそ》を込めてオルフレッドはそう吐き捨てるだけだった。

フォニックが会計担当からこっそり聞いた話だと、契約不履行の場合は多額の賠償金が課せられるらしく、それも手痛いダメージとなった。

「多額の賠償金とはどれくらい？」

「うーん……『黒竜の牙』の一年間の利益くらい？」

思わずフォニックは額を押さえて目を閉じた。

おかげでとにかく慌ただしい。おまけにオルフレッドは不快の極みで、平時の頃から厳しい物言いが半端ではない。

「この事業計画は却下だ。売り上げを二倍に上げよ」

ただ数値だけが押し付けられる。

厳しい旨を伝えても、理路整然と考えの甘さ、仕事への取り組みのぬるさを指摘される。話をするたび胃に穴が開きそうだ。

今日もたっぷりと叱られてフォニックはオルフレッドの執務室を出た。

しばらく歩いていると、八星の同僚、紅蓮《ぐれん》のカーミラが声をかけてきた。

「どうしたの、顔が死んでいるけど？」

「……そうでもないぞ？」

「そうでもない人はため息をつかないいんじゃない？」

カーミラがくくく、と笑う。

フォニックは思わず口を押さえた。ないぞ、の後に息を漏らしていた。無意識のうちに。

「オルフレッドさまのことでしょ？」

「……い、いや……」

「いいじゃなーい。誰も聞いていないしさ」

確かに通路にはフォニックたちしかいなかった。

「……弱音は吐きたくないが、さすがに疲れてしまったよ……」

平時のフォニックであれば、決して口にしない言葉だった。だが、さすがに激務とオルフレッドからの圧迫に気が滅入《めい》っている。

「わかるわかる、前からきつかったけど、最近はホントきついもんねー、オルフレッドさま！」

「ああ、ホントな……」

「愚痴くらい吐いたら？　同じ八星のよしみ、聞いてあげてもいいけど」

「……本当にそうしてもらおうか……」

「じゃ、決まり。今度さ、呑《の》みに行こうか。昔みたいにさ」

「……そうだな」

少しフォニックは懐かしい気持ちになった。カーミラとは同期だったので、若い頃は他の仲間たちと一緒によく呑みに行っていたのだ。

「お店が決まったら連絡するから」

そう言うと、カーミラは笑い声を残して立ち去る。

その背中を見送りながら、フォニックは意外とその日を楽しみにしている自分に気がついた。

「愚痴を吐く、か……」

同じ八星として苦労を分かち合ってくれる仲間がいることがありがたかった。

萎えかけていた気持ちに少しだけ活力が戻るのをフォニックは感じた。

「頑張るか……」

胃に痛みはあるけれど、まだオルフレッドへの尊敬も『黒竜の牙』への愛着も消えていない。信頼できる仲間もいる。

フォニックは前を向いて歩き出した。

【第０章】神童、就活してニートになる

わたしはこの日を忘れないだろう——

「入学生代表イルヴィスくん、前へ！　宣誓をお願いします！」

壇上にいる教師が名前を呼ぶ。ずらりと座っている新入生の中で、一人の生徒がゆっくりとした動きで立ち上がった。

彼を見る周囲の生徒たちの視線は羨望と畏敬に満ちていた。

当然だろう。

ここは帝都の名門フォーセンベルク学院——帝国中のエリートたちが集まる学校。今日はその入学式で、彼はその入学生の代表として選ばれたのだから。

選ばれたのは運ではない。

帝国中のエリートすら足元にも寄せつけない学力がその栄誉を引き寄せたのだ。

本人は総代を頼まれたとき、ため息をひとつこぼして、

「やれやれ、面倒なことが増えてしまったな」

なんて気のないことを——照れ隠しからでもなく本当に本心から言っていたけど。

……それは当然かもしれない。

なぜなら、彼にとってそんなことは日常だから。

彼はいつだって一番だった。なんの苦労もなく、なんの努力もせずに彼は一番であり続けた。

だから、今日のこれも彼は誇ることなどしない。

彼にとっては特別でもなんでもないことだから。

だけど、家族にとってはそうでもない。

帝都でも最高の学院に入学しただけでもすごいのに、総代にまで選ばれたのだ。胸に感情の輝きが広がるのは当然だ。

「お兄ちゃん、おめでとう……本当にすごいね」

わたしは遠くに見える背中に小声で言葉を送った。少しだけ鼻に痛みを覚える。

小さい頃からずっと一番であり続けたお兄ちゃんはわたしにとって自慢だった。

わたしは勉強も運動も平々凡々な人生を歩いている、ザ・普通の人である。そんなわたしに非日常を与えてくれるお兄ちゃんをわたしは尊敬していた。

そんなお兄ちゃんが、その偉大なる才能にふさわしい場所に立とうとしている。

妹として、これほど嬉《うれ》しいことはない。

「これからも、がんばってね。お兄ちゃん」

壇上に上ったお兄ちゃんは声を拡大する魔導具を持ち、喋《しゃべ》り出した。

「本日はこのような栄誉ある場を準備していただきありがとうございます。我々、新入生は――」

何かを訴えようという感じのない、平坦《へいたん》な口調だった。暗記済みの原稿を淡々と読み上げていく。だが、聴衆の様子は真逆だった。

お兄ちゃんの言葉が進むたびに、だんだんと空気が熱を帯びていく。

「以上、入学生代表イルヴィス」

やがて、お兄ちゃんの言葉が終わると――

それは滞留したマグマが吹き出すかのように、わあああああああ！っと興奮の声となって講堂に響き渡った。

学長も感動した様子でお兄ちゃんに握手を求めている。

これが、わたしのお兄ちゃんだ。

わずか三〇分ほどでさっと書いた原稿で聴衆の胸を打つ。

本人は、そんなにすごいのかな？　なんて様子で首を傾《かし》げているが。

隣から声が聞こえてきた。

「イルヴィス、本当によくやった……」

お父さんだ。

少し前に重い病気にかかってしまったお父さんの声は昔に比べて弱くなっていた。身体も痩せている。

イルヴィスの入学式まで生きられるかなあ……なんてボヤいていたけど——

そんなお父さんがお兄ちゃんの晴れ姿を見ることができてよかったと心の底から思う。

入学式が終わった後、遅れて家に戻ってきたお兄ちゃんにわたしはこう言った。

「お兄ちゃん、入学式の挨拶、すごかったね！」

「そうかな——」

お兄ちゃんは、うーんとうなってから、なんでもないような様子で、

「これくらい普通だろ？」

と言った。

◆

俺がフォーセンベルク学院に入学してから二年が過ぎた。

今年は卒業年度。よって、就職しなければならない。

就職——どこかの組織に所属して組織の利益のために働くこと。

これがなかなか大変だ。

帝都も少子高齢化が進み、昔のような景気のいい話も少なくなってきている。各組織は

『即戦力』を合言葉に学生たちの『厳選採用』を進めている。

しきりに喧伝《けんでん》される言葉はこれだ。

――学生時代の成績など、社会に出れば役に立たない！

そうなのか。

俺は入学以来ずっと学年主席だが、なかなか大変だな。

卒業後、就職できなければどうなるのか？

その生徒は無職になる。

生徒たちはそれを避けるため、就職に強そうな学校を選ぶ傾向がある。卒業生の就職内定率は学校の重要なアピールポイントとなるため、学校でも就職活動を必死にサポートしている。

そんなわけで、俺は『就職ガイダンス』に出席した。

就職活動の作法を学ぶため、就職コンサルタントが説明会をしてくれるのだ。

中年の男は教壇の前に立つと、広い部屋に集まった学生たちを見回す。

そして、バン！　といきなり教壇を叩《たた》き、大声で言った。

「私が面接担当であれば、君も君も君も！　みんな不合格！」

いきなりの言葉。生徒たちに動揺が走る。

「なぜかわかるか？　君たちの顔には自慢が浮かんでいる。名門フォーセンベルク学院生であることの誇りが！」

お互いに顔を見合わせる生徒たち。さらに就職コンサルタントは畳み掛ける。

「それは、今日ここで捨てることだ！　社会に出れば君たちが学んだことなどなんの役にも立たない！　社会は学校とは違う！　むしろ、君たちエリートほど危ういと思っている。失敗を知らないエリートたち、頭でっかちのエリートたち――社会という荒波に耐えられるのか!?」

ほー、そうなのか。

……確かに俺は失敗したことがない。失敗したらどういう気分を味わうのか不明だ。あの就職コンサルタントはなかなか鋭いことを言うな。

中年男の話は続く。

「組織に所属したければ、己のプライドは捨てることだ。どうか組織の色に染めてくださいと真っ白な己を差し出すこと。それができるかどうかを面接担当は見ている。今日かぎり、名門の学生であるプライドは捨てるように！」

……社会に出るというのは、そこまでの覚悟が必要なのか。

最高学府で学んだことすら社会では通用しないのか。それほどまでに社会とはすごいのか。きっと世の社会人と呼ばれる人種は俺ごときができることなど、簡単にやってしまうのだろう。

俺は思わず身震いした。

なんて恐ろしいんだ、社会人――――！

それから就職コンサルタントはいかに就職戦線が大変か熱っぽい口調でまくし立ててから「決して油断しないように！」と釘《くぎ》を刺してガイダンスを終了した。

俺は家に帰ってから、妹のアリサに今日のことを話した。

「学校で就職ガイダンスがあったんだよ」

「へえ？　どうだった？」

「うーん、なかなか大変みたいだな」

「たたた、大変!?」

アリサが驚いた様子で身をのけぞらせる。

「お兄ちゃん、大変って言葉、知ってるの!?」

「失礼なやつだな」

「いや、だって、今まで大変だなんて言ったことないじゃない!?」

「そんなこと――」

俺は一七年の人生をさーっと振り返って、

「あるかもな」

確かに言ってなかった。

「となると、わりと本当に大変かもしれない」

俺が人生一七年目にして初めて大変だと思うほどの話だった。確かに『神童』と称された俺の実績は学校内の範囲にしか存在しない。社会という場所がそれほどハイレベルであれば、あまりのんびりもしていられないだろう。

じっと考える俺にアリサが言う。

「……うーん……心配しすぎなんじゃないかな？　正直、お兄ちゃんが社会で通用しないなんて思わないんだけど？」

「そうか？　いや、どうだろうな……」

なにせ話をしていたのは海千山千その道のプロである就職コンサルタントだ。その眼力がそう断じたのならば傾聴に値する言葉だろう。

「あまり油断はできないな――」

まだまだわからないことが多すぎる。

早いうちにコンサルタントが薦めていた就活マニュアルを読んでみようと俺は決意するのだった。

翌日、俺は学校帰りに書店の就活コーナーを訪れた。

就職活動は人生の一大イベントだけあって、どこの書店でも大きな棚面積を誇っている。

ずらりと並ぶ就活マニュアルの数々。

『絶対無敵の内定ゲット戦術』

『底辺学校からの逆襲劇！　名門を倒す雑草就活術！』

『最強の就活メソッド』

『空前絶後の自己ＰＲ戦術』

『ノースキル文系学生のサバイバル就活術』

などなど、ずらりと濃いタイトルの本が並んでいる。タイトルからだけでも就職戦線の過酷さが伝わってくるな。

いろいろとあるが、すでに買う本は決まっている。

俺は『内定無双』と書かれた就活マニュアルを手にとった。

昨日、やたらと就職コンサルタントが力説していた。

「この本に就活のすべてが載っている！　いや、就活だけではない！　社会で働くこと、その真理のすべてがここに書かれている！　これこそが労働者すべてにおける永遠のバイブルだ！」

そこまで言うのなら、買ってみようじゃないか。

俺は家に戻り、購入した『内定無双』に目を通した。

『就職戦線とは文字どおりの戦争である。幸せな学生時代から波乱の社会へと旅立つための試練と心得よ。就職とは『内定』をもらい組織に属すること。この内定をとるために、諸君らは死に物狂いにならなければならない。過去の自己分析、それに基づく自己PR、志望動機、それらを面接担当に認められて諸君らは内定の栄誉に手を伸ばせるのだ』

過去の自己分析、自己PR、志望動機か。

自己分析とはなんだ？　と調べてみると――

『自己分析とは己の過去を徹底的に見直し、己とはなんぞや、とひたすら問いかけることで適性のある職業を己自身で見つけ出すことである。学生よ、己とはなんぞやと一〇唱えよ。足りぬ。一〇〇唱えよ。足りぬ。一〇〇〇唱えよ。今、ようやく君の前に未来が見えてきたはずだ』

職への適性ねえ……。

好きなことで、生きていく――というわけにはいかないのだな。

そんな俺の、いや、学生たちの甘さを叱咤《しった》するがごとく、『内定無双』にはこんな一文が書かれていた。

『学生諸君よ、大人になれ！』

大人になれ、か――。

その言葉になぜか俺はむっとするものを感じた。どうしてそう思ったのだろう。なんとなく、何かを押し付けられたかのような気がしたからだろう。

その何かがなんなのか、うまく言語化できなかった。

その後も俺は『内定無双』を読み続けた。

『己は特別な存在ではないとわきまえよ。社会の大海に出れば、己など代わりのきく代替品でしかない。それを理解しているものにのみ、面接担当はほほ笑む』

『学生気分は捨てよ。社会人とは頑張るものである。雨が降っても槍《やり》が降っても仕事に行き、特需だと思ったら組織のために不眠不休で働く。上司の命令は絶対。面接担当は、その覚悟があるものにのみ内定の栄光を与える』

そこに書かれていた社会像は俺の想像を超えていた。こんな状況で社会人は働いているのか。俺にはとても無理だから、やはり社会人はレベルが高いのだ。

果たして俺ごときが社会人になれるのだろうか——

俺は不安に思ったが、立ち止まるつもりはなかった。ともかく、就職戦線に挑んでみよう。それが『普通』なのだから。

父親も俺が入学後にすぐ死んでしまった。家は俺とアリサだけ。

俺がしっかりしなければならないのだ。

いよいよ就職活動が始まった。

どうするのか、というとまず各組織が開いている『就職説明会』へと参加する。学校を通じて日にちが告示されるので、興味がある会社の説明会に参加するのだ。

説明会では『いかに自社が素晴らしいか』という話を聞き、興味があれば試験の予約を入れる。

俺はこの段階でつまずいてしまった。

受けたい会社がなかったのだ。

困った俺はアリサに相談した。

「『内定無双』によると、就職って『自分に適した仕事がいい』らしい。できそうな仕事ってことだな。俺は何ができるんだろう？」

「お兄ちゃん、なんでもできるんじゃない？」

「……どれも社会人レベルだとは思わないが、まあ、学生レベルならなんでもできるなあ」

「なんでもできる人は、できそうな仕事基準で選ぶと決まらないんじゃない？」

「なるほど」

「やりたい仕事ってないの？」

「やりたい仕事かー」

ぶっちゃけ、ない。

率直に言って、俺は怠惰な男である。学校の成績はいいが、自分から勉強したことなどない。そんなに頑張らなくていいじゃない？　楽して生きていこう！　が俺のスタイルなのだ。

まいったな……。

「なかなか決めづらいものだよな」

俺はそう言うとため息をついた。

とはいえ、戸惑っている暇はない。就職戦線は俺のことなどお構いなしに休むことなく激戦を繰り広げている。俺がぼうっとしている間に次々と内定の栄誉は他の学生たちに奪われていく。

「……とりあえず、受けてみるか」

教授たちに相談すると「イルヴィスくん！　君は真面目に考えすぎだ！　君ならどこでも受かるから、君にふさわしい大手を適当に受けなさい。内定もらってから選べばいいんだ！」と言われた。

それは悪くない考えだと思った。

そんなわけで、俺は大手の組織に次々と応募した。

そして、次々と試験に合格した。

組織A、筆記試験、合格。一次面接試験、合格。

組織B、筆記試験、合格。一次面接試験、合格。

組織C、筆記試験、合格。一次面接試験、合格。

……。

どこの面接担当官も興奮気味にこう言った。

「君、イルヴィスくん!? フォーセンベルク学院の首席!? すごいじゃないか。うちを受けてくれてありがとう!」

俺は落ちることなく各社の試験に合格、俺のスケジュールは次々と面接の予定で埋まっていった。

そして、俺はついに初の二次面接試験に進んだ。

帝都でも最大手の魔導具メーカー『ループル』。

『内定無双』によると、基本的に一次面接はあくまでも足切り、二次面接から、いや、二次面接こそが勝負の場なのだそうだ。

『二次面接では、その組織で働いている社員や上長が出席する。言わば、歴戦の古強者《ふるつわもの》である。彼らが求めているのは、精兵である。組織のために生き、組織のために死ねるかを油断なく見極めようとしている。己の命を惜しむな! 彼らに、彼らのためなら喜んで死ねることを示すのだ。そうすれば彼らは君を仲間に引き入れてもいいと考えるだろう。三次試験は経営者による最終チェックで二次ほど厳しくはない。この二次こそ内定をつかむ最終試練だと心し、油断なく実力を発揮せよ』

俺はループルの面接室に入っていった。

着席して前を見る。

俺に向かい合うように四人の面接官が座っていた。

左から順に、一次試験で俺を面接してくれた若い女性、次に若い男性、三〇代半ばくらいの男性、年配の男性だ。

……少し気になるのは、三〇代半ばくらいの男性だ。

他はずいぶんと落ち着いているのに、この男だけ険しい表情をしている。俺をにらんでいる――わけではなく、俺になど興味がない様子で視線を下に向けていた。右手の人差し指が不機嫌さを表すように、無闇に机を叩《たた》いていた。

左端の若い女性が三人に目くばせする。

「はい、それではフォーセンベルク学院のイルヴィスさんの二次面接を始めたいと思います」

「よろしくお願いします」

俺が頭を下げると、三〇代半ばの男を除いた三人が軽く会釈してくれる。

……あの男の態度が気になるが――気にしても仕方がない。

面接が始まった。

左端の若い女性が口を開く。

「それでは、自己紹介と志望動機をお願いします」

「はい、フォーセンベルク学院三年生のイルヴィスと申します――」

俺は帝国の最大手魔導具メーカー、ループル用の文面を思い出す。

「私は学院に入学してから学業に邁進《まいしん》してまいりました」

……やる気がなかったので、学業以外のことをやっていなかっただけだが。

「学院には授業で使うための、多くの魔導具があります。それを扱うのが好きで――こんな機能があるのか！　と新鮮な驚きをよく感じておりました。魔導具は学校だけではなく、人々の日々の暮らしにも溶け込み、生活を便利にしております。そういった多くの人々に貢献できる魔導具メーカーとしての仕事に魅力を感じ、ループルを志望しました」

つらつらと言葉が出ていく。感情のこもっていない言葉が。

ただ、相手にフィットさせただけ。それほど魔導具に思い入れはない。魔導具メーカーである先方に適合させた文面を、自分の過去に照らし合わせて作っただけだ。

他の組織も同様――特に思い入れのない文面を適当にパズルして志望動機にしている。

やれやれ、本当にこんなものでいいのだろうか……。

教授たちは「イルヴィスなら、体裁さえ整えておけば受かるぞ！」なんて言っていたが。

俺の言葉が終わると、年配の男性が口を開いた。

「イルヴィスさんは学院で首席との話だが？　本当かい？」

……どこの面接担当も最初の質問はそれだ。別に俺は「自分が首席！」だと吹聴《ふいちょう》はしていないのだが、提出した学校の成績表に書いてあるのだろう。

「そうですね」

「素晴らしいねえ……これはもう、内定じゃないかな？」

ははははは、と年配の男性が笑う。それに釣られて、若い男女も笑っている。だが、間にいる中年の男だけは興味がなさそうだった。

若い男性が口を開く。

「イルヴィスさん、どういった魔導具に興味があるんですか？」

「はい、それはですね――」

焦ることなどない。すべて想定している。俺は用意していた回答を口にする。彼らが喜ぶ答えを選ぶことなど雑作もない。

だが、少し思うこともある。

こんな『ウケのいい言葉』だけを並べて就職先を見つけて意味があるのだろうか、と。

そうやって、淡々と面接が進んでいると――

「クラインさん、何か伺いたいことはありますか？」

左端の女性が話を振る。

「あん？」

と反応したのは中年の男だった。めんどくさそうな顔をした後、年配の男に顔を向ける。

「エリートくん、合格決まってるんですよね？　忙しいんで、俺、戻ってもいいですか？」

「クライン、面接も大切な仕事だから。こういう経験も積んで欲しい。何か質問しなさい」

「忙しいんだから勘弁して欲しいんですけどね――」

クラインはわざとらしくため息をつき、俺に視線を向けた。

「じゃあさ、残業どれくらいできる？」

「おい、クライン！」

年配の男の声に、クラインは粘ついた笑みを返した。

「何言ってんですか。リアルですよ、リ・ア・ル。ちゃーんと教えておかないと。いいかい、エリートくん？　ものづくりの現場は学校の授業と違う。時間が来たらチャイムが鳴って終わりじゃない。納期ってのがあってな、間に合わないなら残業残業、休日出勤だ」

その後に、クラインの乾いた笑いがこぼれる。

「今の仕事なんて、技術的な課題が難しくてね、もう三ヶ月も夜遅くまで仕事して、家に帰って寝るだけの生活さ。ものづくりの泥臭い裏側だ。どうだい、残業に耐えられそうか？」

その質問もまた想定していた。

『内定無双』にはこう書かれていた。

『何人かの面接担当が試みに君に問うだろう、残業はできるのか、と。求められている答えはたったひとつ――できます、それのみ。それ以外を口にすれば君の手から内定の栄誉はこぼれ落ちるだろう。ゆえに、臆すことなく答えよ、できます、と。一秒のためらいも許されない。面接担当は君のためらいを決して逃さない』

――できます。

それが答えなのはわかっている。だが。

俺はあっさりとそう答えた。

「無理ですね」

なぜ、そう答えたのか。俺の中に残業したい気持ちがないからだ。魔導具メーカー向けに魔導具に興味があると言うことはできる。その気持ちを少しくらい持っているから。

だが、心にない感情を口にすることはできない。

中年男が右手を払った。

「はっ！　これだからエリートは！　根性が足りない！」

「……頭脳労働だと思うのですが。疲労していては頭が働かないでしょう。一日や二日くらいの踏ん張りは効果があるかもしれませんが、さすがに三ヶ月もそんな生活をしていて、パフォーマンスが出ているとは思えません」

「ははは！……こりゃあ、現場じゃ使えませんよ、部門長！」

「……うーむ」

年配の男もこめかみに手を当て、うめいている。

何を思ったのか、クラインは手元の紙をつかんで席を立ち、俺の近くまでやってきた。

「効率!?　頭が回らない!?　まったく、お前のような勘違いした若手がよく口にしているよ！　そういうレベルじゃないんだよ！　早く家に帰って元気に仕事するだけじゃ片付かないんだよ！　それができりゃあ、みんなやってる！」

そう言って、クラインは紙を俺の眼前に突き出した。

「特別に見せてやる！　これが今、俺たちが取り組んでいる回路図だ。スイッチを入れてからの立ち上がりは〇・二秒まで、目標出力は三万！　山ほどある技術的課題を解決しなきゃならねえ！　期限は残り一ヶ月、俺たちは解決のため必死にやってるんだ！」

年配の男が渋い顔をする。

「おいおい、クラインくん、それは外部秘だぞ」

「別にいいでしょ。まだ改良する未完成品だし……そもそも学校上がりのエリートくんじゃ理解すらできない！」

俺は回路図を眺めた。

「……今のところ、〇・三秒で立ち上がり、出力は二万七〇〇〇――いや、六五〇〇ですか」

「え？」

俺の言葉を聞いた瞬間、クラインが眉をひそめる。

「……どうして、それを。紙のどこかにメモってたか？」

「いえ、回路図を読んだからですが」

「……計算した、だと？　そんな短時間で？」

「これを〇・二秒で立ち上げて、出力を三万にすればいいんですね」

俺はじっと回路図を見て、検討した。

「ここの部分とここの部分はカット、こちらとこちらをつないで――えーと、ここの部分はファレンハイト展開にすればどうでしょうか」

「――!?」

クラインは絶句した。絶句して、回路図に視線を送る。

「え、いや、そ、そんな……俺たちが三ヶ月かけて考え続けたものが――穴が、穴があるはずだ。あるに違いない！」

「穴？　ないと思いますが……」

はあ、と俺はため息をついた。

「これくらい普通ですよ――やっぱり、残業のしすぎで頭が回っていなかったのでは？　社会人ですから、私よりもスキルが高いんですよね？　こんな低レベルな問題で三ヶ月もつまずくはずがない」

「く、く、くおおおおおおおおおおおおおお！　うるさい、黙れえええええええええ！」

　クラインは飛び出すような勢いで部屋を出ていった。

　しん、と面接室が静かになる。

「騒がしくて、すまないね、イルヴィスくん」

　年配の男が若い男を見た。

「どう思う？」

「うーん、回路図を見ていないのでなんとも言えないですが、クラインさんの反応からして、かなり脈ありな感じではないですかね……あの人、そういう勘は鋭いですから」

「なるほど」

　年配の男が俺をじっと見た。

「恐ろしく鋭いな。さすがは神童イルヴィスか」

「いえいえ……」

「我々の仲間にぜひ迎えたい人材だ。よそに行かれては困る――この場で、私の権限で内定を出してもいい」

年配の男の言葉に、若い男女が目を見開く。

内定――ついに届いてしまうのか、それに。俺は少し胸に興奮したものを感じた。

だが、と年配の男は続けた。

「だが、ひとつお願いしたいことがある。クラインくんは確かによくないが、彼には彼でメンツもプライドもある。組織で一緒にやっていくなら水に流しておいたほうがいいだろう」

そう言ってから、年配の男はこう続けた。

「君のほうからも、言いすぎたとクラインくんに謝ってもらえないだろうか？」

……。

……………？

俺は思わず耳を疑ってしまった。

「……意味がわかりません。私に落ち度はないと思いますが？」

「そうだね、君にはなんの問題もない。悪くはない。だけど、頭を下げたほうが八方丸く収まるときもあるのだよ」

年配の男が話を続ける。

「組織で働く、それはそういうことの積み重ねだ。クラインくんは、あれはあれで優秀な男でね、周りからも頼りにされている。今日のことはお互いに謝って水に流しておいたほうがいいだろう」

何を言っているのか本当にわからなかった。

三ヶ月も悩んでいた課題を解決したのに、なぜ俺が謝るのか。

「部門長の私が頼んでいる。大人になってもらえないだろうか、イルヴィスくん」

その言葉に、俺はいらっときた。

大人になれ――

前にもその言葉に不快な感覚を覚えたが、どうしてか理由がわかった。

己の価値観を押し付けるときに都合がいい言葉だからだ。

そんな言葉に屈するつもりなどない。

「残念ですが、納得できません。それが大人になることなら、私は断固として拒否します」

「イルヴィスくん!?」

「失礼します」

そう言うと、俺は部屋を出ていった。

あっという間に疲れてしまった。

……あまり感情的にならないタイプだと思っていたが、今日は珍しく胸に不愉快な感情がぐるぐると回っている。

大人になれ？

組織で働くということ？

何を言っているのかまったくわからない。なぜ悪くもないのに謝らなければならない？

侮辱されたような気分だった。

これが社会で働くということなのか？　こんな不愉快な想《おも》いをしてまで働かないといけないのか？

何もする気が起きないので急ぎ足で家へと戻る。

「ただいま」

返事はない。

どうやらアリサはまだ学校から帰っていないらしい。

俺はソファに寝転がって静かに目を閉じる。……少しは落ち着くかと思ったが、粟《あわ》だった感情は少しもおさまらない。

いらいらする――

そのままどれくらいそうしていただろうか。

「ただいまー」

アリサの声が玄関から聞こえてきた。

アリサは居間のソファに寝転ぶ俺を見て、声をかけてきた。

「お、お兄ちゃん、帰っていたの？」

「……ああ」

「え、え!?　どどどど、どうしたの、お兄ちゃん!?　なんか声と顔が死にそうなんだけど!?　面接だって言ってけど、何かあったの!?」

「いろいろあったなあ」

はあ、とため息をついて俺はこう言った。

「社会で働くの、無理かも……」

◆

「社会で働くの、無理かも……」

いつ以来だろう、弱り切ったお兄ちゃんの顔を見たのは。

本当にお兄ちゃんは疲れ果てていて、この世の終わりのような顔をしていた。

わたしはすぐ理解した。

ああ、お父さんが言っていた日が来たんだ、と。

それはお兄ちゃんの入学式が終わった後、お父さんが死ぬ一ヶ月前くらいの話だ。

お父さんが入院している治癒院をわたしとお兄ちゃんでお見舞いした。お兄ちゃんが買い出しに行っている間に、お父さんがこんなことを言った。

「――なあ、アリサ。お前に頼みがあるんだ」

「なに？」

「お父さんが死んだらさ、イルヴィスを支えてやってくれよ」

「え」

意味がわからなかった。

あの天才で完璧なお兄ちゃんを、平凡な妹のわたしが？

「どういう意味？　わたしがお兄ちゃんを？　逆でしょ？」

「……いいや、逆じゃない。お前がイルヴィスを支えるんだ」

お父さんは小さく笑ってこう続けた。

「イルヴィスは変人だから。逆にアリサには常識がある」

「そうだね、確かにお兄ちゃんは変だ」

お父さんに釣られてわたしも小さく笑う。

お父さんは落ち着くのを待ち、真剣な表情になった。

「イルヴィスは間違いなく天才だ。それも、おそらくは歴史に名を残すほどの。だけど、あまりにも人間の常識から――規格から外れている。果たして『社会』という器にイルヴィスの才能が受け入れてもらえるのか、とても心配なんだよ」

「……」

まだ幼いわたしには難しい話だった。わたしが知っているのは、お兄ちゃんがすごいということだけ。だから、こう言い返した。

「お兄ちゃんなら大丈夫だよ！　よくわかんないけど、社会なんて、ペーン！　だよ！」

だけど、お父さんは静かに首を振る。

「社会――『普通』である人間たちの集団は恐ろしいよ。彼らは彼らの普通を、普通ではない人間に平気で押し付ける。そして、普通ではない人間の普通を拒絶する」

そして、こう言った。

「イルヴィスは能天気に見えるが、あれはあれで根は真面目で繊細だからな……心配だよ。アリサ、いつかイルヴィスが『社会』に疲れたとき、お前が支えてやってくれ」

「支えるって、どうやって？」

心配するわたしに、父は優しくほほ笑んでくれた。

「何もしなくていい。ただ側《そば》にいてやってくれ。イルヴィスは頭のいい子だ。いつか心を整理して立ち上がるだろう。その日を信じて欲しい」

「……わかった！」

わかった以外の言葉などあるはずもなかった。

死に瀕《ひん》した父の、子を思う願いなのだから。

「あのさ、お父さん。どれくらい待つのかな？」

「うん？　わからないが……とりあえず、二年は待ってみたらいいんじゃないか？」

「とりあえず、二年だね。頑張る！」

「頼んだよ、アリサ」

そう言い残して、父はこの世を去った。

そして、ついに――父の心配していたことが起こったのだ。

「社会で働くの、無理かも……」

そんなことを言うお兄ちゃんの横に椅子を引き、そこに座る。

「何があったの？」

「ああ……」

ぽつぽつとお兄ちゃんは面接で起こったことを話してくれた。

その話が終わるなり、わたしはこう叫んだ。

「ひどい！　お兄ちゃん、ぜんぜん悪くないよ!?」

「……だよなあ……」

お兄ちゃんはため息をつく。

「正直、かなり就職活動のやる気がそがれたよ。社会ってあんな感じなのか？　俺には無理だよ。それとも、今日の出来事が異常なのか？」

わたしもよくわからなかった。だって、わたしもまだ学生だから。

わたしにも、お兄ちゃんにも、社会はまだまだはるかに遠いのだ。

──今日の出来事がおかしいんだよ！　まともなところを見つけるまで頑張ろう！

そう言うのは簡単だが、わたしはためらった。

結局のところ、他でも同じことが起こるだろうと思った。お父さんが死んでから二年。わたしにもずいぶんと世の中がわかってきた。お父さんが心配したとおり、お兄ちゃんは異質な存在だ。おそらく、今日と同じ問題はいずれまた起きるだろう。

規格外のお兄ちゃんをどう社会の『普通』に適合させるか──少し考える時間が必要だ。

『イルヴィスを支えてやってくれ』

お父さんの言葉を思い出しながら、わたしはお兄ちゃんに言った。

「無理しなくてもいいんじゃないかな。もし、お兄ちゃんが気乗りしないのなら、少し休むのもいいと思う」

「そうか」

「うん。お兄ちゃんは今まで頑張ってきたんだよ！　ずっとずっと一番で、神童だったんだ！　そんなお兄ちゃんは少しくらい休んでもいいと思う！」

言っていて、わたしは悲しい気持ちになってきた。

どうして世の中は受け入れてくれないんだ。こんなにも優秀で、こんなにも素晴らしいお兄ちゃんを。どうして、凡人たちの『普通』を押し付けて潰そうとするのか。

いや、わかっている。

たぶん、それが社会なのだ。

異常を殺すのが社会なのだ。

だから、社会で生きていくのなら、お兄ちゃんは学ぶ必要がある。普通との距離の取り方を。

「無理はしなくていいよ、お兄ちゃん」

「……ありがとう、アリサ」

お兄ちゃんは少し気分が変わったようで、硬かった表情が和らいでいた。

「少し休むよ」

そう言うと、お兄ちゃんは静かに目を閉じた。

そんなお兄ちゃんを見つめながら、わたしはわたしで決めたことがある。

上位の学校には進学せず、就職しよう。

ずっと悩んでいたのだ。進学するか、就職するか。

別にわたしはお兄ちゃんと違って優秀な生徒ではないから、就職してもいいと思っていた。だけど、本当にそれでいいのか、後悔しないかと悩んでいた。

今日のことできっぱりと決断できた。

就職する。

そして、ひと足先に社会を見て、お兄ちゃんができそうな仕事を——お兄ちゃんの居場所を探してみよう。

それはとてもいいアイディアのように思えて、わたしは少し機嫌がよくなった。

静かに寝息を立て始めたお兄ちゃんを見つめて、わたしは小声でこうつぶやく。

「兄想いの妹を持って幸せだね。感謝するんだよ？」

こうして、お兄ちゃんはニートになった（まだ学生だから、卒業後の話だけど）。

◆

晴れ晴れとした気分で俺は学院へと向かい、教授にこう告げた。

「就職はやめます」

その瞬間、教授はあんぐりと口を開けた。それから俺の冗談を疑い、次に正気を疑い、最後に大声でこう言った。

「頼む、イルヴィスくん、働いてくれ！　君が働かないのは帝国の、いやいや、社会の——人類の損失だ！　お願いだからその力を世界のために役立ててくれ！」

「すみません、俺に社会は無理です」

俺は教授のお願いを一蹴した。

あまりにも社会人のレベルが高すぎる……自分が悪くないことで謝り、残業にも耐えて膨大な仕事までこなす。とてもとても俺ごときでは務まらない。さらに俺のような学生レベルをはるかに凌駕《りょうが》するスキルまで持っているなんて――

「社会人の凄《すご》さはよくわかりました。俺では務まりません」

「いやいやいやいやいや！　イルヴィスくん、君ならば普通の社会人とか比較にならないから！　この学院で主席でしたって言えばどこでも入れるから！」

教授は優しいな……学生剣聖、学生賢者の称号なんて社会では役に立たないと俺は知っている。俺を再起させようと嘘《うそ》をついてくれるなんて……。

そんなわけで、俺は就職戦線から離脱した。

家に戻ってから、俺はアリサに報告した。

「就職はやめることにしたよ」

「いいんじゃなーい？」

アリサは気楽に応じてくれた。その態度がとてもありがたかった。俺は俺なりに挫折感を覚えているのは確かだから。

「どれくらいプラプラしていようかな？」

「うーん……」

アリサは少し考えてから、俺にこう言った。

「とりあえず二年くらいはゆっくりしたら？」

「二年か」

長いようで短い、短いようで長い期間だな。

学校を卒業してから、俺は二年間だらだらと過ごした。日がたつにつれて、社会に対する苦手意識は少しずつ俺から遠ざかっていく。

自堕落な日々があまりに楽だったので、俺は二年間という言葉をすっかり忘れていた。

だけど、忘れていない人間がいた。

アリサはソファに座ってお笑い小説を読んでいる俺に向かって、ちょうど卒業からきっかり七三一日目にこう言った。

「お兄ちゃん、あなたを家から追放します」

あとがき

作者のぺもぺもさんです。

本作『無気力ニートな元神童、冒険者になる』を手に取っていただき、ありがとうございます。

あとがきの内容は悩むものですが、王道の『本作を企画した経緯《けいい》』でも書いてみようと思います。

最初に浮かんだキーワードは、もちろん、皆さま大好物の『無自覚もの』です。

それを軸にした作品を書こうかなと考えました。

で、そこから――

無自覚もの、無自覚もの、無自覚なチートもの……。

無自覚チート……。

うーん……。

ん？

――無自覚チートって響き、無気力ニートに似てない？

そこでキーボード上に置いていた私の指が動きました。

『無気力ニートな元神童、無自覚チートに無双する』

おお！

これだ！

就職活動に疲れてニートになった学生時代の天才が、学校の成績なんて社会じゃ役に立たないよな？　と思い込みつつ無自覚に無双する——

すごく、しっくりきたのを覚えています。以前から就職活動や社会にまつわる言説は扱ってみたいテーマだったのもありまして。

この切り口は、きっと本作の個性になる！

そんな感じでコンセプトが決まりました。

あとはプロットを作りながら——

無自覚！

勘違い！

をひたすら詰め込んでいった感じです。

それらが大好きな人に読んで欲しい作品ですね。

ジャンルとしては、コメディだと思いますので、肩の力を抜いて気軽に楽しんでいただければ嬉《うれ》しいです。

それでは謝辞です。

イラストを担当してくださった福きつねさま、素敵な表紙をありがとうございます。色使いが鮮やかで、見栄えする表紙だと気に入っております。

担当編集さま、本書の作製や流通に携わっていただいた皆さま。ご尽力に感謝いたします。

そして、読者の皆さま。タイトルがタイトルなだけに『無自覚・勘違い』フリークな人たちが多いと思うのですが、楽しんでいただけましたでしょうか。

お読みいただき、ありがとうございました。

作品のご感想、
ファンレターをお待ちしています

あて先

〒141-0031
東京都品川区西五反田 8-1-5 五反田光和ビル4階
オーバーラップ文庫編集部
「ぺもぺもさん」先生係／「福きつね」先生係

PC、スマホからWEBアンケートに答えてゲット！

★この書籍で使用しているイラストの『無料壁紙』
★さらに図書カード（1000円分）を毎月10名に抽選でプレゼント！

▶https://over-lap.co.jp/824001818
二次元バーコードまたはURLより本書へのアンケートにご協力ください。
オーバーラップ文庫公式HPのトップページからもアクセスいただけます。
※スマートフォンと PC からのアクセスにのみ対応しております。
※サイトへのアクセスや登録時に発生する通信費等はご負担ください。
※中学生以下の方は保護者の方の了承を得てから回答してください。

オーバーラップ文庫公式 HP ▶ https://over-lap.co.jp/lnv/

OVERLAP

無気力ニートな元神童、冒険者になる 1
～「学生時代の成績と実社会は別だろ?」と勘違いしたまま無自覚チートに無双する～

発　行　2022年5月25日　初版第一刷発行

著　者　ぺもぺもさん
発行者　永田勝治
発行所　株式会社オーバーラップ
〒141-0031　東京都品川区西五反田 8-1-5
校正・DTP　株式会社鷗来堂
印刷・製本　大日本印刷株式会社

Printed in Japan　ISBN 978-4-8240-0181-8 C0193

オーバーラップ文庫
ヤンマガWeb（講談社）にて
コミカライズ連載中！
技巧貸与のとりかえし
〈スキル・レンダー〉
“SKILL LENDER”
Get Back His Pride
トイチって最初に言ったよな？
Before I started lending, I told you
this loan charges 10% interest every 10days, right?
［――それは全てを奪い返す
最強の力］
他人にスキルを貸し出すユニークスキル【技巧貸与《スキル・レンダー》】。そんな便利な力を持つ青年マージはS級パーティの天才冒険者に利用され、全てを奪われ続けてきた。その果てに前人未到の迷宮最深部で一方的に切り捨てられてしまい――!?
全てを奪われ続けた冒険者の絶対なる逆襲譚、開幕！
著 黄波戸井ショウリ　イラスト チーコ
シリーズ好評発売中!!

第10回 オーバーラップ文庫大賞
原稿募集中!
イラスト：冬ゆき
キミが物語の王様
【賞金】
大賞…300万円
（3巻刊行確約+コミカライズ確約）
金賞……100万円
（3巻刊行確約）
銀賞………30万円
（2巻刊行確約）
佳作………10万円
【締め切り】
第1ターン 2022年6月末日
第2ターン 2022年12月末日
各ターンの締め切り後4ヶ月以内に佳作を発表。通期で佳作に選出された作品の中から、「大賞」、「金賞」、「銀賞」を選出します。
投稿はオンラインで！ 結果も評価シートもサイトをチェック！
https://over-lap.co.jp/bunko/award/
〈オーバーラップ文庫大賞オンライン〉
※最新情報および応募詳細については上記サイトをご覧ください。
※紙での応募受付は行っておりません。